卷五

韻目

[一] 呂校：「《廣韻》作『董一』。」

[二] 明州本、毛鈔、錢鈔「講」字作「講」。龐校同。

[三] 明州本、毛鈔、錢鈔「海」字作「海」。

[四] 「潸」當作「潸」。見該韻。諸本皆誤。

一董

[一] 明州本、錢鈔注「董」字作「董」。龐校、濮子潼校同。

[二] 余校「藕」字作「藕」。與《說文》同。

[三] 明州本、毛鈔、錢鈔注「蘴」字作「蘴」。龐校、濮校、錢校同。

[四] 明州本、潭州本、金州本、毛鈔、錢鈔注下「壁」字作「聲」。余校、汪校、衛校、韓校、陳校、龐校、濮校、錢校同。丁校據《類篇》改「壁」爲「聲」。方校：「案：下『壁』字係『聲』字之譌，據宋本及《類篇》正。」

[五] 陳校：「『嗹』，《五音集韻》从言。」

[六] 方校：「案：《方言》十二：『侗胴，狀也。』注：『謂形狀也。』」

[七] 方校：「案：大徐本『直項兒』。小徐本『項直兒』。此从大徐，奪『兒』字。」

[八] 明州本、毛鈔注「鴻」字作「爲」。龐校、濮校、錢校同。誤。衛校作「鳰」。丁校：「《玉篇》：『鳰鶇，木中箭笴。』此『鴻』字當是『鳰』字之誤。」方校：「案：《玉篇》：『鳰鶇，木中箭笴。』此『鴻』當改『鳰』。《類篇》餘封切作『鳰』，吐孔切作『鴻』，亦騎牆之見。」

[九] 方校：「案：『寵』譌从宀，據《類篇》正。」

[一〇] 方校：「案：『謥』譌从忽，據《後漢書・鄧皇后傳》及《類篇》正。」按：明州本、金州本、毛鈔、錢鈔注「謥」字正作「謥」。陳校、龐校、錢校同。馬校：「『謥』，局作『謥』，非。」

[一一] 方校：「汪氏云：『《淮南子・氾論訓》高誘注洞讀挺挏之挏，《禮記》釋文無此音。』」

[一二] 方校：「案：此見《廣雅・釋詁三》，馬融《長笛賦》注引同。『硐』，李善音動。」

[一三] 明州本、錢鈔「笰」字作「筩」。龐校云：「誤。」濮校同。按：潭州本、金州本、毛鈔作「笰」，不誤。

[一四] 明州本注「候」字作「候」。龐校同。

[一五] 余校「水」字作「木」。

[一六] 毛鈔注「腸」字作「腸」。馬校：「『腸』，宋誤。局作『腸』。」按：明州本、潭州本、金州本、錢鈔注俱作「腸」。

[一七] 明州本、錢鈔注「很」字作「佷」。濮校、錢校同。馬校：「『佷』，局作『很』。」

[一八] 明州本、毛鈔、錢鈔「櫝」字作「櫝」，注「賣」字作「賣」。顧校、龐校、濮校、錢校同。馬校：「『櫝』當作『櫝』，注『或从賣』當作『或从賣』。」方校：「案：『賣』譌『賣』，據《類篇》正。」

[一九] 某氏校：「『鵈』同『鴨』。」

[二〇] 方校：「案：『上』譌『下』，《類篇》同，據《說文》及《詩・瞻彼洛矣》釋文正。」

[二一] 潭州本注「系」下空格，明州本、金州本、毛鈔、錢鈔作「壁」。韓校、陳校、龐校、濮校、錢校同。丁校據《說文》補「壁」字。陸校：「缺『壁』字。」莫校同。方校：「案：『玤』當作『玤』。注『系』下奪『壁』字，據宋本及《說文》補。」

[二二] 陳校：「『併』，《廣韻》作『屏』。」方校：「案：《篇》、《韻》『併』作『屏』，《類篇》與此同。」

[二三] 明州本、毛鈔、錢鈔注「見」字作「皃」。龐校、濮校同。非是。按：潭州本、金州本作「見」。

[二四] 明州本、錢鈔注「笑」字作「笑」。龐校同。

[二五] 方校：「汪氏云：『《爾雅·釋艸》音義方孔反，與此補孔切有幫、非之别。蓋陸氏輕脣音丁氏多讀重脣也。』」

[二六] 明州本、潭州本、金州本、錢鈔注「母」字作「毋」。龐校、濮校、錢校同。

[二七] 《廣韻》注「明」下有「也」字。

[二八] 明州本、潭州本、金州本、錢鈔注「絲」字作「絲」。龐校同。馬校：「『絲』，局誤『絲』。」

[二九] 方校：「案：今本未見，王氏坿録於《釋言》後。」

[三〇] 明州本、潭州本、金州本、錢鈔注「麥」字作「麦」。龐校同。

[三一] 明州本、錢鈔注「鴟」下無「也」字。

[三二] 方校：「案：今《廣雅·釋詁二》奪。王氏據此及《類篇》補。」

[三三] 明州本、毛鈔、錢鈔注「湏」字作「澒」。汪校、韓校、陳校、龐校、濮校、錢校同。方校：「案：『澒』譌『湏』，據宋本及《類篇》正。濛澒，未分之象。見《後漢書·張衡傳》注。」

[三四] 衛校注「搖」作「捶」。丁校：「『搖』，《公羊傳》作『捶』，此仍《廣韻》之誤。」方校：「案：『陽越下取策，臨南騶馬』見《公羊·定八年傳》，何休注：『捶馬銜走也。』此與《類篇》竝作『搖』，蓋仍《廣韻》之譌。」

[三五] 陳校：「『㯯』，《方言》作『橞』。」方校：「案：《方言》五作『橞』。」

[三六] 明州本、毛鈔、錢鈔「峷」字作「冡」，注作「冡」。龐校、濮校、錢校同。

[三七] 明州本、毛鈔、錢鈔注「總」字作「總」。濮校同。

[三八] 余校「兩」字作「雨」。方校：「案：《類篇》『合』作『舍』，誤。」

[三九] 明州本、潭州本、金州本、毛鈔、錢鈔注「木」字作「禾」，「束」字作「東」。陳校、陸校、莫校、濮校、錢校同。丁校據《玉篇》改「木」爲「禾」。方校：「案：『禾』譌『木』，『東』譌『束』，據宋本及《玉篇》、《類篇》正。」

[四〇] 陸校「軓」作「軌」。方校：「案：『𨏥』譌从咼，『軓』譌从丸，據《釋艸》正。」

[四一] 明州本、錢鈔「𦁸」字作「總」。龐校云：「从艹。」陳校：「『𦁸』，《博雅》作『𦁸』，同。」又明州本、潭州本、金州本、毛鈔、錢鈔注「絹」字作「絢」。龐校同。

[四二] 方校：「案：『㑊』譌从火，《類篇》同，據《韻會》正。後孔紐『悾』注放此。」

[四三] 方校：「案：『惚』譌从忽，據《類篇》正。《廣韻》作『忽』，同。」

[四四] 按：《說文》見《水部》，「砂」字作「沙」。馬校：「『砂』當作『沙』，宋亦誤。」

[四五] 明州本、潭州本、金州本、毛鈔、錢鈔注「𠋫」字作「候」。龐校同。

[四六] 潭州本、金州本「䫉」字作「䫉」。方校：「案：『䫉』當从《類篇》作『䫉』。下『颬』、『𩗼』等字宋本俱不誤。」

[四七] 明州本、潭州本、金州本、毛鈔、錢鈔「颰」字作「颰」。龐校、濮校同。

[四八] 明州本、錢鈔注「鐘」字作「鍾」。濮校、錢校同。

[四九] 方校：「案：『矓』譌从目，據《類篇》及《五音集韻》正。」按：明州本、潭州本、金州本、毛鈔、錢鈔「矓」字正作「矓」，注同。余校、顧校、陳校、陸校、龐校、錢校同。

[五〇] 曹本注作「犬」，顧氏重修本改「大」。明州本、潭州本、金州本、毛鈔、錢鈔注作「大」。韓校、陳校、龐校、濮校、錢校同。方校：「案：『大』譌『犬』，據宋本及《玉篇》正。」

[五一] 方校：「案：《說文》：『潰，污灑也。』亦作『濊』。此與《類篇》作『潰』，俗。」

二腫

[一] 陸校注「董」上增「左傳」二字。

[二] 明州本、潭州本、金州本、毛鈔、錢鈔「宂」字作「穴」。段校：「宋本作『宂』。」陸校、龐校、濮校、錢校同。方校：「案：『宂』从儿不从几。『儿』即奇字『人』。『散』，《説文》作『椒』，當據正。」

[三] 引《周書》者，段注：「『書』當作『禮』，轉寫之誤。《周禮・稾人》『掌供外内朝宂食者之食』，許偁之，涉《校人》『宫中之稍食』而誤。記憶之過也。當據正。」

[四] 明州本、錢鈔注「内」字作「內」。陸校、龐校、濮校同。

[五] 明州本、潭州本、金州本、錢鈔「坑」字作「坈」。顧校、龐校、錢校同。

[六] 明州本、潭州本、金州本、錢鈔「㜯」字作「㜯」。顧校、錢校同。陳校：「『㜯』，《類篇》又作『㜯』。《玉篇》亦作『㜯』。《廣韻》作『㜯』。或『搑茸』，又作『毾㲪』、『㤺茸』。」

[七] 明州本、潭州本、金州本、錢鈔「軵」字作「軵」。顧校、錢校同。

[八] 衛校「相」字作「拒」。丁校據《廣韻》改「相」作「拒」。方校：「案：『戎，相也』，見《爾雅・釋言》。釋文：『戎本或作搣。』」

[九] 明州本、潭州本、金州本、錢鈔「沉」字作「沉」，注同。顧校同。

[一〇] 方校：「案：《説文・革部》：『鞲，𩊤毳飾也。』非『鞬』字或體字，宜别出。」

[一一] 方校：「案：『氄』當作『氄』。《説文》引《書》在『或作㲝』之下，『氄毛』作『㲝毛』，二徐本同，今據正。」按：明州本、潭州本、金州本、毛鈔、錢鈔「氄」字正作「氄」。段校、陳校、龐校、濮校、錢校同。

[一二] 明州本、錢鈔注「稓」字作「稍」。龐校、濮校、錢校同。

[一三] 方校：「案：『耿』譌『耿』，據《説文》正。」按：明州本、潭州本、金州本、毛鈔、錢鈔「耿」字正作「耿」。陳校、陸校、龐校、濮校、錢校同。

[一四] 余校「索」作「系」。按：《廣雅・釋器》作「系」。

[一五] 方校：「案：《類篇》古體作『揀』。」按：明州本、錢鈔「揀」字正作「揀」。龐校、濮校、錢校同。

[一六] 余校「筍勇」作「息拱」。按：此《廣韻》切語。

[一七] 明州本、潭州本、金州本、毛鈔、錢鈔注「敬」字缺末筆作「敬」。濮校同。

[一八] 明州本、毛鈔、錢鈔注「或」字上空一格。段校：「宋本空一格。」龐校：「『㥛』下『或』上空一墨方。」錢校同。又「悚」字不重。汪校删。龐校同。方校：「案：『或』上宋本誤空一格。此『悚』下衍『悚』字，據宋本删。《左・昭十九年傳》只作『聳』，陸書無異文。」

[一九] 明州本、錢鈔注「驚」字作「驚」，缺筆。濮校同。

[二〇] 陳校：「《説文》作『聳』，从耳，從省聲。」方校引汪氏同。

[二一] 明州本、錢鈔注「絆」字作「絆」。龐校、濮校同。非。潭州本、毛鈔作「絆」。

[二二] 《廣韻》：「駷，何休云：馬摇銜走也。」按：《公羊傳・定公八年》：「臨南駷馬而由乎孟氏。」何休解詁：「駷，捶馬銜走。」陳立義疏：「鄂本『捶』作『搖』。」此與鄂本同。

[二三] 方校：「案：『湧』譌『溶』。據《類篇》正。」

[二四] 方校：「案：『曰』譌『日』，據《類篇》正。」按：明州本、潭州本、金州本、毛鈔、錢鈔注「日」字正作「曰」。顧校、陳校、陸校、龐校、濮校、錢校同。

[二五] 方校：「案：『㴩』譌『涌』，據《方言》十正。」吕校：「《方言》作『㴩』。」

[二六] 陳校：「中从収。」方校：「案：『閧』、『𩰚』上譌从𦥑，『𩰚』中譌𠂢，竝據《説文》正。」按：明州本、毛鈔、錢鈔「𩰚」字作

「㩳」。

[二七] 明州本、毛鈔、錢鈔「塗」字作「塗」。韓校、龐校、濮校同。

[二八] 余校「塗」作「涂」。方校：「案：注本《説文》。《類篇》从大徐本『塗』作『涂』。此从小徐。」

[二九] 方校：「案：《類篇》『尗』作『尗』。據《説文・𡿨部》當作『𡴀』。」按：明州本、毛鈔、錢鈔「尗」字作「尗」。段校、韓校同。

[三〇] 明州本、錢鈔注「笑」字作「笑」。濮校同。

[三一] 余校「峫」作「峫」。蓋據《康熙字典》，疑誤。《類篇・山部》作「峫」。

[三二] 方校：「案：『綔』譌从夸，據《説文》及《方言》四正。『𧷤』當从《説文》作『𧷤』。」按：明州本、錢鈔注「綔」字正作「綔」。龐校、濮校同。

[三三] 方校：「案：『鱧』譌『鱶』，《類篇》同，據《爾雅・釋魚》郭注正。」按：《説文》大徐本作「鱶」，《集韻》引《説文》多據大徐本，不必改爲「鱧」。明州本、潭州本、金州本、毛鈔、錢鈔注均作「鱶」。

[三四] 方校：「案：《釋器上》作『幢』，本音直江反。」

[三五] 某氏校：「『甬』下从用。近澤存堂刊《廣韻》凡从『甬』者字皆不譌。」

[三六] 方校：「案：《方言》十：『南楚凡己不欲喜而旁人説之，不欲怒而旁人怒之，謂之食閻，或謂之慫慂。』『説』音閲。丁氏等誤讀爲説誘之説，當删去『者』字，增『之怒之』三字。『史』當作『臾』。」

[三七] 明州本、潭州本、金州本、毛鈔、錢鈔注「湧」字作「涌」。龐校、濮校同。

[三八] 方校：「案：『兇』下譌从几，據《説文》正。」案：明州本、潭州本、金州本、毛鈔、錢鈔「兇」字作「兇」。龐校、濮校、錢校同。

[三九] 某氏校：「汪云：『立』字來母，疑『丘』字之誤。」方校：「案：『恐』上从工从丮，隸省作『卂』，此譌『巩』。下『恐』中譌『巩』，『跫』、『梁』上譌『巩』，『巩』、『㧬』又譌『巩』，竝據《説文》正。『立』當从《類篇》、《韻會》作『丘』。」按：明州

本、潭州本、金州本、毛鈔、錢鈔注「立」字正作「丘」。陳校、龐校、濮校、錢校同。

[四〇] 余校：「『𢍏』作『𢍏』。」按：明州本、潭州本、金州本、錢鈔「𢍏」字正作「𢍏」。龐校、濮校同。

[四一] 余校「梁」字作「梁」。按：明州本、金州本、毛鈔、錢鈔正作「梁」。陳校、錢校同。方校：「案：『梁』譌从未，據宋本及《廣韻》正。」

[四二] 方校：「案：『𢍏』、『𦬸』譌从关，『梏』譌『桔』，據《説文》正。」按：明州本、潭州本、金州本、錢鈔「𢍏」字作「𢍏」，「𦬸」字作「𦬸」。余校、龐校、濮校同。馬校：「『梏』，局誤『桔』。」

[四三] 方校：「案：《説文・丮部》『㧬』同『巩』，袌也。《手部》重出『㧬』字，注：『攤也。』攤、袌義同，當是後人增入。《廣韻》分列，而此書幷之，不膠者卓矣。『袌』中譌『句』，今正。」按：明州本、潭州本、金州本、毛鈔、錢鈔「巩」字作「巩」。陳校同。又明州本、毛鈔、錢鈔注「㚅」字作「袌」。衛校、顧校、陸校、龐校、濮校、錢校同。

[四四] 明州本、毛鈔、錢鈔「閧」字作「閧」。龐校、濮校、錢校同。按：《説文》作「閧」。

[四五] 方校：「案：『枝』譌『抜』，據《説文》正。」按：明州本、潭州本、金州本、錢鈔注「抜」字正作「枝」。錢校同。

[四六] 段校「蜂」作「蜂」。方校：「案：《廣雅・釋蟲》『蜂』作『蜂』，《玉篇》、《類篇》同，今據正。」

[四七] 明州本、錢鈔注「虔」字作「虔」。濮校同。

[四八] 方校：「案：上『孑』字當作『孒』，據《廣雅・釋蟲》正。《類篇》作『孒孑』，亦誤。」

[四九] 馬校：「『祐』，局本誤『祐』。」按：「雍」有祐義。《漢書・揚雄傳上》：「雍神休。」顔注引晉灼曰：「雍，祐也。」

[五〇] 丁校：「《廣雅》：『蚉蠓、地蠶。』曹憲注云：『作𧏮字、蠪字者並失。』則此蓋沿俗本《廣雅》而誤。又《廣雅》：『蜙，蚌也。』曹憲注：『蜙，羊悖反。』此又誤『蜙』爲『蠪』。」方校：「案：《釋蟲》蛭蛒、蚉蠓、地蠶皆蠀螬别名。非謂任絲之蠶。亦無『𧐤』、『蠪』名目，其訓蚌者，字作『蜙』，曹音羊悖，不音擁，未知丁氏所據何本。」按：據丁、方二氏校，此條當删。

[五一] 方校：「案：《類篇》『瓮』作『甖』，今據正。『瓮』止訓盆，非甕明甚。」

［五二］明州本、潭州本、金州本、錢鈔注「母」字作「毋」。龐校同。

［五三］明州本、錢鈔注「而」字作「面」，錢鈔注「白」字作「曰」。龐校：「誤。」按：潭州本、金州本、毛鈔作「而白」，不誤。

三講

［一］明州本、毛鈔、錢鈔「講」字作「講」。龐校：「『冓』作『冓』。」濮校：「从『冓』之字並同。」

［二］方校：「案：『耩』譌『耩』，據《廣韻》及《廣雅・釋地》正。」

［三］方校：「案：『蚻』譌『蚻』，據《漢書・天文志》正。」

［四］某氏校：「『佷』音恆，見《後漢書・蔡邕傳》。此違戾字，爲文當作『很』。」

［五］明州本、錢鈔注「搶」字作「槍」。濮校同。

［六］明州本、毛鈔、錢鈔注「乙」字作「乚」。段校、韓校、龐校、濮校、錢校同。方校：「案：宋本『乙』作『乚』。」潭州本、金州本作「乛」。

［七］明州本、錢鈔「鍎」字作「鍎」。

［八］明州本、潭州本、金州本、毛鈔、錢鈔注「皃」字作「皃」。是。

［九］明州本、錢鈔「頏」字作「頏」。龐校、錢校同。

［一〇］明州本、潭州本、金州本、毛鈔、錢鈔注「平」字作「本」。衛校、韓校、龐校、濮校、錢校同。丁校據《廣雅》「平」字作「本」。方校：「案：『本』譌『平』，據宋本及《類篇》正。」

［一一］方校：「案：『大』譌『木』，據《淮南・詮言》注及《御覽》卷三百五十七引《通俗文》正。」

［一二］明州本、潭州本、金州本、毛鈔、錢鈔注「秬」字作「秬」。段校、韓校、陳校、陸校、龐校、濮校、錢校同。方校：「案：

『秙』譌『秙』，注『秬』譌『秬』，據宋本及《類篇》正。」

［一三］明州本、潭州本、金州本、毛鈔、錢鈔注「佳」字作「隹」。陳校、陸校、馬校、濮校同。

［一四］方校：「汪氏云：『釋文：徐武講反。與此母項切有明、微之別。』」

［一五］錢校《詩》上增「引」字。

［一六］濮校「剌」字作「剌」。

［一七］明州本、潭州本、金州本、錢鈔注「也」下「曰」上有「一」字，惟毛鈔無。段校：「宋本不空。」黄彭年校：「楝亭初刻缺『一』字，故段校云爾。此『一』字當是顧氏校補，並足證宋本之誤。」按：顧氏重修本空一格。

［一八］方校：「案：『㨗』譌从夂，據《廣韻》、《類篇》正。」

四紙

［一］馬校：「『苦』當作『箬』，宋亦誤，俗本《説文》作『笘』。」方校：「案：《説文》及《類篇》同。段氏改『苦』爲『箬』。」

［二］方校：「案：《説文》：『汦，箸止也。』訓義自通。」某氏校：「《説文》十一篇《水部》：『汦，箸止也。』非『坻』字之或體。」

［三］方校：「案：《類篇》同。《山海經》四《東山經》作『栒狀』，畢氏校本謂據《廣韻》所引當作『拘扶』。」

［四］余校「側」下增「手」字。蓋據《廣韻》。

［五］明州本、毛鈔、錢鈔「恀」字作「恀」。龐校：「从『多』者並作『多』。」

［六］方校：「案：此見《山海經》五《中山經》，『焚』當作『火』。」

［七］方校：「案：『積』在《禾部》，『禾』篆作『𥝌』，古兮切。『稽』、『䅶』等字从之，與『禾』篆作『𥝌』不同。俗多混書。」

［八］明州本、毛鈔、錢鈔注「祇」字作「祇」。方校：「案：宋本『祇』作『衹』，非。」

[九] 方校：「案：『毆』譌从攴，據《説文》正。」

[一〇] 方校：「案：説已見《五支》本字下。」

[一一] 方校：「案：《説文》『彖』作『𧰨』，『豕』作『豕』，當據正。」按：明州本、毛鈔、錢鈔「彖」字作「彔」。濮校同。

[一二] 顧校「軌」改「軌」。

[一三] 明州本、潭州本、金州本、毛鈔、錢鈔注「謂」字作「謂」。段校、汪校、韓校、陸校、龐校、濮校、錢校同。陳校：「『謂』，《類篇》作『謬』，譌。《莊子》作『謂』。」方校：「案：『謂』一作『謂』，宋本同。今據正。《類篇》作『謬』，非。『㞒』本作『㞒』，一作『朋』，見《莊子·徐無鬼篇》釋文。㞒，舒氏切。《類篇》作『㞒』，《尸部》無『㞒』字。『㞒』亦無掌是切之音。」按：各本皆爲「賞是切」。

[一四] 方校：「案：《説文·彑部》：『彖，豕也。从彑，从豕。讀若弛』，式視切。『彖，豕走也。从彑，从豕省』，通貫切。增減一筆，音義迥殊。《廣韻》、《類篇》不譌，俗均作『彖』，非是。」

[一五] 方校：「案：『㔾』譌从卩，據《説文·卩部》正。」

[一六] 方校：「案：《吴語》『侇』作『夾』，注：『侇我謂牽曳之使勢分廣也。』」

[一七] 方校：「案：『迠』譌『沾』，據《類篇》及《史記·樂書》正。《禮·樂記》作『怗』。」按：明州本、潭州本、金州本、毛鈔、錢鈔注「沾」字作「沾」。韓校、陳校、龐校、濮校同。吕校：「宜作『迠』，或作『怗』。」錦文案：《説文》：「迠懘，煩心也。」《史記·樂書》亦作『迠』，是『迠』爲本字。《樂記》作『怗』，蓋或體字。『怗』又俗體字耳。」凌校云：「『或作怗』，非。當云『或作怗』。」

[一八] 明州本、金州本、毛鈔、錢鈔注「姑」字作「姑」。韓校、陳校、龐校、濮校、錢校同。方校：「案：『姑』譌『姑』，據宋本及《廣韻》正。」

[一九] 余校「薄」下增「兒」字。

[二〇] 方校：「案：『美女』譌『姜母』，據《説文》、《類篇》正。」按：明州本、潭州本、金州本、毛鈔、錢鈔注「姜」字作「妻」。陳校、龐校、濮校、錢校同。似非。

[二一] 方校：「案：『豪』譌从卜，據《廣韻》正。」按：明州本、金州本、毛鈔、錢鈔注「豪」字作「豪」。陳校、馬校、龐校、濮校、錢校同。

[二二] 明州本、潭州本、金州本、毛鈔、錢鈔「彔」字作「彖」。汪校、陳校、龐校、濮校同。馬校：「『彖』，局作『彔』，上賞是切作『彖』。」

[二三] 汪校「蟎」改「墒」，云：「以意改。」丁校據《説文》改「蟎」作「墒」。衛校、顧校、陳校、陸校、莫校同。方校：「案：《説文》『山名』作『名山』。『旁』上小徐本有『堆』字。段氏以『堆』俗，改『自』。又『蟎』當从土作『墒』。」

[二四] 按：《山海經·中山經》：「(蛇山)有獸焉，其狀如狐而白尾，長耳，名狏狼，見則國内有兵。」郭注：「狏音已。」據此，「色」字疑衍，「長」下脱「耳」字。

[二五] 明州本、毛鈔、錢鈔「弜」字作「弜」。龐校、濮校、錢校同。馬校：「『弜』，局作『弜』，《説文》神旨切『从舌，易聲』。則作『弜』爲是。宋本《説文》有作『弜』者，蓋宋時尚未分别也。」

[二六] 明州本、潭州本、金州本、毛鈔、錢鈔注「尔」字作「尔」。顧校、龐校、錢校同。

[二七] 方校：「案：《説文》『邇』、『邇』皆訓近。惟『邇』，兒氏切；『邇』，人質切。義同音異，則『邇』非『邇』之古體。」

[二八] 明州本、潭州本、金州本、毛鈔、錢鈔「迩」字作「迩」，注同。余校、龐校、莫校同。

[二九] 方校：「案：注『履』譌『屣』，據《廣韻》、《類篇》正。」

[三〇] 明州本、毛鈔注「緇」字作「緇」。龐校同。

[三一] 方校：「案：『百』當从《類篇》作『伯』。」

[三二] 明州本、錢鈔注「下」字作「卜」。龐校、濮校同。非。潭州本、金州本、毛鈔作「下」。與《説文》合。

[三三] 明州本、毛鈔、錢鈔注「㳟」字作「㳟」。龐校同。

[三四] 馬校：「『祚』，局誤『祚』，从ネ。」方校：「案：『祚』，當从《類篇》作『祚』。」按：明州本、毛鈔、錢鈔注「祚」字作「祚」。

陳校、陸校、龐校同。

［三五］毛鈔「蒫」字作「𧆞」。龐校：「从『差』者並作『羗』。」

［三六］毛鈔注「𠜣」字作「叕」。馬校、錢校同。方校：「案：《類篇》『捶』作『箠』，與《説文》合。『㨖』訓𠜣，亦見《説文》，宋本作『叕』，非是。」

［三七］明州本、錢鈔注「卮」作「厄」。濮校同。

［三八］方校：「案：籒文大徐作『騄』，小徐作『𩧐』，此从㳄，誤。」按：明州本、錢鈔「騄」字作「騂」，注「㳄」字作「𣳾」，「𩧐」字作「𩦉」。龐校、濮校、錢校同。

［三九］余校正文作「𣲜」，注作「𣲜旭」。

［四〇］《説文》見《㳅部》。「也」下有「闕」字。王筠句讀：「既釋以二水也，而又云闕者，蓋『㳅』即『水』之異文。許君未得確據，故不質言之。而與『𡇒』亦『自』字，『麻』與『林』同，異文也。《集韻》曰：『閩人謂水曰㳅。』則謂『水』、『㳅』爲兩字。安康王玉樹松亭曰：『鄺氏《易》坎爲水，水作㳅。郭忠恕《佩觿集》音義一而體别：水爲㳅，火爲焜。是水與㳅音義竝同。』筠案：此説最精。凡叠二成文者，如『叒』、『叕』、『从』、『棘』、『兟』、『吅』、『屾』、『豩』、『𩙿』、『所』等字皆當與本字無異，惟『㳅』之即『水』有據，故於此發之。」

［四一］馬校：「『鍛』，局誤『鍜』，下是棰切同誤。」莫校改「鍛」。

［四二］毛鈔注「木」字作「水」。錢校同。他本不誤。方校：「陳侍御云：『案：《韻會》注同。宋本木作水誤。』」

［四三］莫校改「鍛」。參見前主縈切「錘」字校語。

［四四］明州本、錢鈔注「橤」字作「縈」。濮校同。

［四五］陳校：「『再』，《類篇》作『垂』。」方校：「案：《類篇》『再』作『垂』。」

［四六］明州本、錢鈔注「玉」字作「五」。誤。潭州本、金州本、毛鈔作「玉」。

［四七］明州本、毛鈔、錢鈔「璽」字作「𤪹」。龐校同。

［四八］方校：「案：『潔』當从《類篇》作『絜』。」按：明州本、毛鈔注「潔」字作「絜」。

［四九］方校：「案：『蔵』譌『蔵』，據《類篇》正。」按：明州本、毛鈔、錢鈔注「蔵」字作「蔵」。龐校、濮校、錢校同。

［五〇］方校：「案：卷三《北山經》『魮』作『𩶊』。」

［五一］《類篇・母部》同。按：《廣雅・釋親》：「毑，姐，母也。」曹憲音：「『毑』音子我，又子倚。『姐』，案：《字書》即前『毑』字。」王氏疏證：「『毑』各本作『𣬶』，蓋因上文『爸』字从巴而誤。《集韻》、《類篇》『毑』字引《廣雅》『毑，母也』，『𣬶』字注亦云『母也』，則宋時《廣雅》本已有譌作『𣬶』者。考《玉篇》、《廣韻》俱無『𣬶』字，《玉篇》云：『姐，古文作毑。』今據以訂正。」

［五二］按：諸書無訓「背」爲鳥骨者。考平聲《支韻》才支切「骴」字訓鳥獸殘骨，與《説文・骨部》「骴」篆訓合。《類篇・骨部》「骴」字訓同。疑此注「鳥骨」下脱「殘」字。詳去聲《寘韻》疾智切「骴」字。

［五三］明州本、潭州本、金州本、毛鈔、錢鈔注「㸼」字作「㸼」。汪校、韓校、顧校、陳校、陸校、龐校、濮校、莫校、錢校同。方校：「案：『㸼』字譌从㸦，據宋本及《廣韻》正。」

［五四］方校：「案：當从《類篇》及注文从束。」按：明州本、潭州本、金州本、毛鈔、錢鈔「㖰」字作「㖰」，「㗖」字作「㗖」，明州本、錢鈔注「䱇」字作「䱇」。顧校、陳校、龐校、濮校同。

［五五］方校：「案：今《廣雅》夐，王氏校補於《釋詁一》『劃』下『抵』上。」

［五六］潭州本、金州本、毛鈔、錢鈔注「刺」字作「剌」。莫校同。

［五七］明州本、金州本、錢鈔注「勢」字作「勢」。濮校同。

［五八］衛校「記」作「説」。丁校據《類篇》改「記」作「説」。方校同。

［五九］明州本、錢鈔「弘」字作「弘」。韓校、龐校、濮校、錢校同。

［六〇］陳校補「欲」字。方校：「案：『有』上奪『欲』字，據《説文》補。」

［六一］方校：「案：『仳』譌『仳』，據《類篇》、《韻會》正。」按：明州本、潭州本、金州本、毛鈔、錢鈔注「仳」字正作「仳」。陳

校、陸校、馬校、龐校、濮校、錢校同。呂校：「宜作『仳』。」

[六二] 余校：「『朙』作『崩』。」方校：「案：二徐本『朙』作『崩』，據《山部》字當作『崩』。『朙』係古文。」

[六三] 方校：「案：『跂』譌从攴，據《類篇》及《莊子·馬蹄篇》正。後聿尒切『離』注同。」

[六四] 明州本、潭州本、金州本、毛鈔、錢鈔注「胷」字作「胷」。龐校、濮校同。

[六五] 明州本、毛鈔、錢鈔「跂」字作「跂」，注同。陳校、龐校、濮校同。按：潭州本、金州本正文作「跂」，注作「跂」。

[六六] 明州本、錢鈔注「跂」字作「跂」。龐校同。

[六七] 明州本、金州本、毛鈔、錢鈔「伱」字作「伱」，注同。顧校、龐校同。

[六八] 明州本、潭州本、金州本、錢鈔注「絲」字作「絲」。龐校、濮校同。段校、陳校、陸校「趺」字作「趺」。方校：「案：《說文》注『絡絲檷』，段氏依《易》釋文、《篇》、《韻》改『檷』爲『柎』，釋文『柎』又作『趺』。『柎』、『趺』古通用。此『趺』係『趺』字之譌，《類篇》可證。」

[六九] 余校「裿」字作「椅」。

[七〇] 明州本、潭州本、金州本、錢鈔注「甜」字作「甜」。陳校同。

[七一] 明州本、錢鈔注「衺」字作「衺」。龐校同。按：潭州本作「衺」，當是壞字。

[七二] 方校：「案：『東迤』之『迤』當从二徐本作『池』。『靡』當从《類篇》作『邐』。『邐也』下當依通例補『或作迤』三字。」按：明州本、潭州本、金州本、錢鈔注「迤」字正作「迤」。龐校同。

[七三] 明州本、毛鈔、錢鈔「嫷」字作「嫷」。陳校、龐校、濮校、錢校同。

[七四] 方校：「案：『褫』譌『褫』，據《玉篇》、《類篇》正。」按：潭州本、金州本、毛鈔「褫」字正作「褫」。陳校、濮校同。

[七五] 明州本、毛鈔「跂」字作「跂」，注同。韓校同。

[七六] 陳校：「『逗』，《類篇》作『逗』。」按：明州本、潭州本、金州本、毛鈔、錢鈔「逗」字正作「逗」。汪校、韓校、顧校、陸校、龐校、莫校、濮校同。方校：「案：『逗』譌『逗』，據宋本及《漢書·韓安國傳》注正。」某氏校：「『逗』字不見字書。」

[七七] 毛鈔注「棖」字作「棖」，誤。段校作「棖」。

[七八] 余校「茷」下補「實」字。按：《方言》第三：「茷，欠，雞頭也。北燕謂之茷。」郭注：「今江東亦呼爲茷耳。」似不必如余校補「實」字。

[七九] 明州本、毛鈔、錢鈔「豨」、「豨」作「豨」、「豨」。陳校同。龐校：「並从豕。」馬校：「宋本注皆从豕，局惟『豨』从豕，餘皆从豸。」

[八〇] 明州本、毛鈔、錢鈔注「又」字作「乂」。韓校、陳校、龐校、濮校、錢校同。方校：「案：『乂』譌『又』，據宋本及《類篇》正。」

[八一] 明州本、錢鈔「貐」字作「貐」，注「貗」字作「貗」，「貙」字作「貙」。从豸不从豕。龐校、濮校、錢校同。

[八二] 方校：「案：『窫』譌『窫』，據《漢書·息夫躬傳》及本文正。」

[八三] 方校：「案：『踽』譌『踽』，《類篇》同。據《篇》、《韻》及張衡《西京賦》注正。」

[八四] 明州本、錢鈔注「頊」字作「頊」。龐校、濮校、錢校同。按：潭州本、金州本、毛鈔作「頊」，與《儀禮·士冠禮》鄭注同。

[八五] 明州本、潭州本、金州本、錢鈔注「皃」字作「貌」。濮校同。

[八六] 明州本、毛鈔、錢鈔「攕」字作「攕」。龐校、濮校同。

[八七] 余校：「『立』並改从『大』。」某氏校：「『奇』當作『奇』，凡偏旁从『奇』者放此。」

[八八] 方校：「案：《說文》『繒』上有『文』字。《類篇》無。」

[八九] 明州本、毛鈔、錢鈔「裿」字作「椅」。陳校、龐校、濮校同。

[九〇] 方校：「案：《類篇》『儉』作『愉』，今據正。」按：《玉篇·心部》：「倚，去奇、去倚二切，慽倚，儉急，又儉意也。」此與《玉篇》同，似不必改字。

[九一] 方校：「案：《類篇》『疸』作『疸』。」按：明州本、錢鈔注「疸」字正作「疸」。錢校同。

[九二] 明州本、毛鈔、錢鈔注「禪」字作「禪」。陸校、濮校同。馬校：「『禪』，局誤『禪』，下舉綺切同誤。」

［九三］　方校：「案：王本《廣雅・釋器上》『裿』字屬下文讀。」

［九四］　方校：「案：『巋崎』譌『崎錡』，據《類篇》及王褒《洞簫賦》注正。」按：《文選・陸士衡〈文賦〉》：「雖逝止之無常，固崎錡而難便。」李注：「崎錡，不安貌。崎音綺。」似非譌字。

［九五］　明州本、毛鈔、錢鈔「峗」字作「峞」。方校：「案：『峞』譌『峗』，據宋本正。」

［九六］　方校：「案：『閆』譌『門』，據《公羊・成二年傳》注正。」按：明州本、錢鈔注「門」字正作「閆」。

［九七］　方校：「案：《類篇》『攲』作『敧』。『去』上當依《說文》、《廣韻》補『持』字。」

［九八］　方校：「案：當从《類篇》从支，注文不誤。」

［九九］　方校：「案：《春官・太卜》『夢』作『薨』。釋文：『本多作夢。』」

［一〇〇］　明州本、毛鈔、錢鈔「禪」字作「禪」。陸校、濮校同。

［一〇一］　陸校注「裿」字作「裿」。按：「裿」字當屬下，丁氏誤讀。參見上去倚切「裿」字校語。

［一〇二］　明州本、錢鈔注無「木」字。龐校同。按：潭州本、金州本、毛鈔有「木」字。

［一〇三］　方校：「案：『技』譌从攴，據《說文》正。」按：明州本、毛鈔正作「技」。濮校、錢校同。

［一〇四］　余校「巨」作「渠」。

［一〇五］　方校：「案：『徛』譌从犬，據《說文》正。二徐本『渡』上竝有『有』字。」按：明州本、毛鈔、錢鈔「猗」字正作「徛」。陳校、龐校、濮校、錢校同。

［一〇六］　方校：「案：『篘』譌『篘』，據《說文》正。《類篇》作『籋』，尤誤。」按：明州本、毛鈔注『篘』字作『篘』。段校、陳校、陸校、龐校、濮校同。

［一〇七］　方校：「案：『叁』當从《類篇》作『參』。」按：明州本、錢鈔注「叁」字作「參」。錢校同。

［一〇八］　本書《寘韻》「賧」字訓器用。《廣韻・寘韻》：「賧，賧貝四向用也。」「貝」，宋巾箱本《廣韻》作「具」。此「貝」字亦當作「具」。

［一〇九］　方校：「案：《楚辭・九辯》：『紛旖乎都房。』注：『旖一作旑。』」

［一一〇］　陸校「傳」作「傳」。按：明州本、潭州本、金州本、毛鈔、錢鈔「傳」字正作「傳」。

［一一一］　方校：「案：『痔』譌『滆』，據《廣雅・釋宮》正。」按：明州本、毛鈔、錢鈔「滆」字作「痔」。段校、陸校、龐校、濮校、錢校同。

［一一二］　明州本、潭州本、金州本、毛鈔、錢鈔「嶬」字作「嶬」。汪校、龐校、濮校同。

［一一三］　方校：「案：《廣雅・釋器下》止作『倚陽』。」

［一一四］　陳校：「『痔』从广。」方校：「案：『庤』譌『痔』，據《類篇》正。」按：明州本、潭州本、毛鈔、錢鈔「痔」字正作「庤」。龐校、濮校、錢校同。金州本漫漶不清。馬校：「『庤』，局誤『痔』。注：『度藏也。』『度』，宋誤，局作『庋』。」按：注「庋」字明州本、潭州本、金州本、錢鈔皆不誤。

［一一五］　方校：「案：『檥』譌从手，據《史記・項羽紀》正。」按：明州本、毛鈔、錢鈔注「撬」字正作「檥」。陸校、濮校、錢校同。龐校：「模糊，似『木』。」

［一一六］　方校：「案：注『頭』譌『頗』，『閑』下奪『習』字，據《說文》改補。《類篇》不誤。」按：明州本、毛鈔、錢鈔注「頗」字正作「頭」。余校、龐校、濮校、錢校同。又余校「閑」下增「習」字。陳校：「『頗』，《說文》：『頭閑習也。』」

［一一七］　方校：「案：『鳴』譌『鳴』，據《爾雅・釋鳥》正。」按：明州本、潭州本、金州本、毛鈔、錢鈔注「鳴」字正作「鳴」。陳校、陸校、龐校、濮校、錢校同。馬校：「『鳴』，局誤『鳴』。」

［一一八］　余校「瓦」字作「瓦」。

［一一九］　按：本韻犬縈切「跬」字訓「跬踵，開足皃」，無「行」字。《類篇》同。

［一二〇］　方校：「案：『骩』譌『骩』，注『臾』譌『虞』，據《說文》正。」按：明州本注「虞」字正作「臾」。段校、陳校、陸校、龐校、濮校、錢校同。錢鈔空缺。

［一二一］　明州本、潭州本、金州本、毛鈔、錢鈔注「委」字作「委」。龐校、濮校、錢校同。

［一二二］方校：「汪氏云：『《釋艸》釋文委作萎，謝於蘧反，郭女委反。此鄔毁切及下女委切即陸氏萎字之音，而委誤加艸耳。』」

［一二三］方校：「案：『鴟』係『鷸』之或體，《篇》、《韻》、《類篇》皆作『鷸』，今據正。」按：明州本、潭州本、金州本、毛鈔、錢鈔「鴟」字正作「鷸」。陳校、濮校、錢校同。

［一二四］方校：「案：此係新坿字。」

［一二五］丁校：「『鄔』、『隝』平聲《支韻》合爲一，此處分，訛。」

［一二六］明州本、金州本、毛鈔作「猧」。與《類篇》同。

［一二七］明州本、錢鈔「瘑」字作「瘑」。韓校、龐校、濮校、錢校同。

［一二八］方校：「陳侍御云：『宋本作瘡烈，以作裂爲是。』」某氏校引「爲」字作「較」。按：毛鈔注「裂」字作「烈」。韓校同。

［一二九］方校：「案：『毁』、『毀』譌从臼，『毀』左下譌从王，據《說文》正。『壬』當作『壬』。」

［一三〇］明州本、潭州本、金州本、毛鈔、錢鈔注「宫」字作「官」。韓校、陳校、陸校、龐校、濮校同。方校：「案：『官』譌『宫』，據宋本及《周禮・秋官》正。」

［一三一］明州本、錢鈔注「烜」字作「炟」。濮校同。此壞字也。潭州本、金州本、毛鈔並作「烜」。

［一三二］潭州本、金州本、毛鈔「籔」字作「籔」。陳校、龐校、濮校、錢校同。

［一三三］明州本、潭州本、金州本、毛鈔、錢鈔「觤」、「觧」作「觤」、「觧」。龐校、濮校同。

［一三四］方校：「案：『傍』、《類篇》同，《廣雅・釋言》只作『券』。『跂』當从《類篇》作『跛』。」

［一三五］明州本、毛鈔、錢鈔注「拜」字作「拜」。龐校同。

［一三六］「頯」當作「頯」，从肉。注同。《說文・頁部》：「頯，權也。」段注：「『權』今之『顴』字。」

［一三七］陳校：「『魏』當作『嫢』，《方言》作『魏』，誤。又見《旨韻》巨癸切。」方校：「案：舊本《方言》二同，盧氏據《廣雅・釋詁一》改『魏』爲『嫢』。」

［一三八］明州本、毛鈔、錢鈔注「日」字作「曰」。汪校、陳校、龐校、濮校同。方校：「案：『曰』譌『日』，據宋本及《類篇》正。」

［一三九］明州本、潭州本、金州本、毛鈔、錢鈔「庋」字作「庋」。錢校同。按：此《說文》新坿字，从广，技聲。

［一四〇］方校：「案：『技』譌『攱』，『庋』譌『庪』，據《廣韻》、《類篇》正。」按：「技」譌「攱」，顧氏重修本已正。明州本、毛鈔、錢鈔注「庪」字正作「庋」。陳校、陸校、濮校同。

［一四一］方校：「案：卷五《中山經》『東』下有『北』字，今據增。」

［一四二］余校「凾」改「凾」。陳校同。方校：「案：『凾』譌『函』，《類篇》同。據《說文》正。」

［一四三］明州本、錢鈔注「鐵」字作「鐵」。龐校、濮校同。

［一四四］明州本、潭州本、金州本、毛鈔注「染」字作「染」。龐校、濮校同。

［一四五］明州本、毛鈔、錢鈔「飲」字作「飲」。韓校、龐校、濮校同。方校：「案：『飲』當从宋本及《類篇》作『歙』。」

［一四六］方校：「案：《類篇》作『跟踦』，此與下巨委切同。」

［一四七］明州本、錢鈔注「持」字作「侍」。龐校、濮校同。誤。潭州本、金州本、毛鈔作「持」。

［一四八］方校：「案：《方言》九『鞞』作『韠』，此書失收。」

［一四九］陳校：「『析』，《類篇》作『折』。《說文》：『箓，折竹筤也。』」按：明州本、錢鈔注「析」字作「折」。

［一五〇］方校：「汪氏云：『蘼，釋文方弭反，與此補弭切有幫、非之別。』」

［一五一］明州本、金州本、毛鈔、錢鈔「肱」字作「肱」。段校、陳校、陸校、龐校、濮校、錢校同。方校：「案：『肱』譌『肱』，據《類篇》正。嚴氏云：『宋本粉塗作肱。』」按：此實段氏校語。

［一五二］方校：「案：『毁』當作『諀』。《廣雅・釋詁二》曹注『諀』即諀諺字。今『毁』乃訓壞。」

［一五三］明州本、毛鈔「鵧」字作「鵧」。余校、陳校、錢校同。方校：「案：『鵧』當从宋本及《說文》作『鵧』。」

［一五四］明州本、毛鈔、錢鈔注「比」字上有「庇」字。段校、韓校、龐校、濮校、錢校同。方校：「案：『比』上奪『庇』字，據宋本及正文補。」

［一五五］方校：「案：『憮校』之『憮』譌『撫』，據《釋詁》正。汪氏云：『敉，釋文孫敷是反，與此普弭切有滂、敷之別。』」按：明州本、毛鈔、錢鈔注「撫」字作「憮」。陳校、龐校、濮校、錢校同。丁校據《爾雅》改「撫」爲「憮」。按：此在《釋言》，方氏誤記。

［一五六］按：平聲《脂韻》篇夷切訓「鍾形下廣也」。疑此「形」上脫「鍾」字。

［一五七］明州本、潭州本、金州本、毛鈔、錢鈔注「訛」字作「叭」。龐校、濮校同。

［一五八］明州本、錢鈔注「婢」字作「媿」。龐校、濮校同。誤。潭州本、金州本、毛鈔作「婢」。

［一五九］方校：「案：《說文》『飲』作『歙』。」

［一六〇］明州本、潭州本、金州本、毛鈔、錢鈔注「沔」字作「汅」。陳校、龐校、濮校、錢校同。

［一六一］明州本、毛鈔、錢鈔「彌」字作「瀰」，「洋」字作「洋」。陳校、陸校、龐校、濮校、錢校同。方校：「案：『瀰』譌『彌』，『洋』譌『洋』，據宋本及《類篇》正。」按：金州本「彌」字作「瀰」。

［一六二］余校「闠」作「闠」。陳校：「从『門』不从『門』。」方校：「案：此字《說文》、《類篇》作『闠』，入《門部》。」

［一六三］陳校：「从『网』，見《類篇》。」

［一六四］明州本、潭州本、金州本、毛鈔、錢鈔「吽」字作「咩」，注同。余校、陳校、龐校、濮校、錢校同。

［一六五］明州本、毛鈔、錢鈔注「孰」字作「熟」。龐校、濮校同。

［一六六］明州本、錢鈔注「災」字作「災」。

［一六七］明州本、潭州本、金州本、錢鈔注「絲」字作「絲」。龐校、濮校同。

［一六八］方校：「案：『彊』譌『彊』，《類篇》同，據《說文》正。」

［一六九］明州本、潭州本、金州本、毛鈔、錢鈔「猈」字作「猈」。龐校、濮校、錢校同。段校：「今本《說文》：『猈，別也。』讀若罷。」」方校：「案：《說文》『裂』作『別』，當據正。『猈』訓裂見《廣雅·釋詁二》。」某氏引汪云：「《說文》作『別也』。《五支》引亦作『別』，此誤。」

［一七〇］方校：「案：《類篇》『折』字作『析』。」

［一七一］明州本、毛鈔、錢鈔「豍」字作「豍」，注同。又注「豸」作「豸」。濮校同。龐校：「『豸』並作『豸』。」

［一七二］《廣韻》作「破」，訓枝析。似有誤。《玉篇·歹部》：「破，孚彼切，破折也。」

［一七三］按：《爾雅·釋木》：「柀，煔。」《說文·木部》：「柀，煔也。」皆以煔釋「柀」，非謂「柀煔」爲木名也。

［一七四］方校：「汪氏云：『薳頗見《公羊·襄三十年》，二《傳》作罷。』」

［一七五］方校：「汪氏云：《易》釋文徐扶彼反，《左傳·襄三十年》釋文同。與此普靡切有並、奉之別。」按：「普」字當作「部」，方氏誤引。

［一七六］方校：「案：《類篇》『曲』上有『脛』字。」

［一七七］明州本、毛鈔、錢鈔注「姊」字作「姉」。顧校同。

［一七八］方校：「案：『金』下奪『飾』字，據《說文》補。」

［一七九］方校：「案：『寐』當从《說文》作『寐』，段氏改『寱』，云：『寐而厭也。』蓋用小徐本注，大徐本『厭』上有『未』字。又『寱』訓孰寐，从寐省，水聲，求癸切。此以孰寐爲『寐』字注，誤。」

［一八〇］明州本、錢鈔「讀」下有「也」字。龐校、濮校同。毛鈔原有「也」字，後白塗去。

［一八一］明州本、毛鈔、錢鈔「獮」字作「獮」。龐校、濮校、錢校同。方校：「案：重文『獮』宋本从犬作『獮』，非。」

五旨

［一］方校：「案：『舌』當作『舌』。『眉』下『曰』字衍，據《類篇》刪。」按：明州本、潭州本、金州本、毛鈔、錢鈔注「眉」字下均無「曰」字。顧校、陸校、龐校、濮校同。

［二］余校「恉」作「指」。

［三］方校：「案：『訏』譌『訐』，據《類篇》正，宋本作『許』，亦誤。」按：方所謂宋本蓋指毛鈔。段校同。按：明州本、潭州本、金州本、錢鈔注「訏」字作「訐」。陳校、龐校、濮校、錢校同。

［四］毛鈔「指」字作「稓」，注「木」字作「禾」。韓校同。方校：「案：宋本『指』作『稓』，『木』作『禾』，非。《類篇·禾部》無『稓』字。」

［五］段校「括」作「栝」。陸校同。方校：「案：『栝』，大徐本及《類篇》同。小徐本『栝』作『括』。」

［六］衛校「胃」作「冐」。丁校同。方校：「案：《説文》『胃』作『冐』，當據正。」

［七］明州本、潭州本、金州本、毛鈔、錢鈔注「膽」字作「瞻」。余校、汪校、陳校、陸校、龐校、濮校、錢校同。方校：「案：『瞻』譌『膽』，據宋本及《廣韻》正。」

［八］陸校注「軌」字作「軓」。龐校同。

［九］明州本、毛鈔、錢鈔注「微」字作「徼」。陳校、龐校、濮校同。

［一〇］明州本、潭州本、金州本、毛鈔、錢鈔作「沇」。汪校、顧校、龐校同。方校：「案：二字譌从『允』，據宋本及《類篇》改从『㕣』。」

［一一］明州本、潭州本、金州本、毛鈔、錢鈔「俎」字作「徂」。顧校同。

［一二］方校：「案：《説文》『死』作『夗』。古文作『𣧠』，上不从艸，下不从几。《類篇》作『𡿭』，亦誤。」按：《類篇》作「𡿭」。

［一三］方校：「案：『稷』譌『稷』，據《説文》正。」按：明州本、潭州本、金州本、毛鈔、錢鈔「稷」字正作「稷」。顧校、陳校、龐校、錢校同。

［一四］明州本、潭州本、金州本、毛鈔、錢鈔「朿」字作「朿」。余校、段校、顧校、龐校、莫校、錢校同。濮校：「从『朿』之字同。」

［一五］陳校：「『兕』作『兕』。同『先』，釋文作『兂』。」

［一六］段校「序」字作「字」。陸校同。

［一七］明州本、潭州本、金州本、毛鈔、錢鈔注「狂」字作「狅」。韓校、陳校、錢校同。方校：「案：『狅』譌『狂』，據宋本及《類篇》正。」

［一八］方校：「案：『䐗』譌『骨』，據《廣雅·釋親》正。」按：明州本、毛鈔、錢鈔注「骨」字正作「䐗」。龐校、濮校、錢校同。

［一九］明州本、毛鈔、錢鈔注「啄」字作「喙」。汪校、陳校、龐校、濮校、錢校同。方校：「案：『喙』譌『啄』，據宋本及《類篇》正。」

［二〇］方校：「案：『㓹』上譌从艸，據《説文》正。」按：明州本、毛鈔、錢鈔「𦲿」字作「㓹」。顧校、龐校、濮校、錢校同。

［二一］明州本、毛鈔、錢鈔注「縷」字作「縷」。龐校同。非。潭州本、金州本作「縷」，與《説文》合。

［二二］明州本、錢鈔「緆」字作「繏」。龐校、濮校、錢校同。陳校：「『繏』字當作『繏』。《類篇》从爾。《字通》云：『禰俗作繏。』」

［二三］丁校據《説文》删二「兩」字。按：明州本、潭州本、金州本、毛鈔、錢鈔注不重「兩」字。余校、衛校、陸校、龐校、濮校同。方校：「案：『兩』下衍『兩』字，據宋本及《説文》删。」

［二四］明州本、錢鈔「𧨁」字作「𧨁」。龐校、濮校同。

［二五］明州本、錢鈔「鏅」字作「鏅」。龐校、濮校同。

［二六］方校：「案：『𢾺』字譌从𡵂，『刺』譌从朿，據宋本及《説文》正。」

［二七］明州本、錢鈔「㰃」字作「㰃」。龐校、濮校同。

［二八］方校：「案：『也』譌『至』，據《説文》、《類篇》正。」

［二九］明州本、毛鈔、錢鈔「鷄」字作「䳕」，注同。陳校、龐校、濮校、錢校同。

［三〇］明州本、錢鈔注「直」字作「丈」。龐校、濮校、錢校同。按：「直」「丈」同在澄紐。

［三一］方校：「案：《説文》『鳴』作『鳴』，『翰』作『韓』，『伊』作『伊』。今竝據正。『鳴』，二徐本作『鳴』，此與《爾雅·釋鳥》

同。」按：潭州本、金州本、毛鈔注「鳴」字作「鴭」。韓校、陸校、龐校、濮校、錢校同。衛校、陳校作「鳥」，蓋據《説文》。又：明州本、潭州本、金州本、毛鈔、錢鈔注「伊」字正作「伊」。余校、陳校、龐校、濮校、錢校同。吕校：「盧作鸕，喬作鷮，翟作鸐，伊作伊，摇作鷂，甾作鶅，稀作鵗，蹲作鷷。」疑多以意改。

［三二］方校：「案：『湽』譌『湽』，下『鞧』譌『鞧』，據《説文》正。又：『隓』當从《類篇》作『隓』。」按：明州本、錢鈔「湽」字正作「湽」。濮校、錢校同。龐校：「从『甾』者並作『甾』。」

［三三］明州本、毛鈔、錢鈔「隓」字作「隓」。顧校、陳校、龐校、莫校、濮校同。

［三四］明州本、毛鈔、錢鈔「鞧」字作「鞧」。顧校、陳校、龐校、莫校同。

［三五］方校：「案：《説文》作『履』，則从舟非或體。《字鑑》亦以从復爲非。」

［三六］明州本、錢鈔注「止」字爲「上」。濮校、錢校同。非。潭州本、金州本、毛鈔作「止」。

［三七］方校：「案：『柎』譌从手，據《篇》、《韻》正。」按：明州本、毛鈔、錢鈔注「拊」字正作「柎」。陳校、陸校、龐校、濮校、錢校同。

［三八］方校：「案：『夒』下譌从夊，據《説文》正。」

［三九］明州本、錢鈔注「辟」字作「辟」。龐校、濮校、錢校同。按：潭州本、金州本、毛鈔注作「壁」。

［四〇］明州本、毛鈔、錢鈔注「坺」字作「坺」。錢校同。

［四一］明州本、潭州本、金州本、錢鈔注「辟」字作「壁」。龐校、濮校同。

［四二］毛鈔注「十」下有「一」字。錢校同。方校：「案：宋本『十』下誤衍『一』字。」按：明州本、錢鈔注「十」字作「一」，亦誤。

［四三］方校：「案：二徐本『名』作『也』。」

［四四］明州本、毛鈔、錢鈔注兩「藁」字均作「槀」。韓校、龐校、濮校同。與《爾雅·釋木》合。

［四五］方校：「案：『纂网』《類篇》作『纂网』，今據正。」按：明州本、毛鈔、錢鈔注「网」字作「网」。顧校、陳校、陸校、龐校、濮校、錢校同。

［四六］方校：「案：『魁』譌『魁』，據《類篇》正。」按：明州本、毛鈔、錢鈔注「魁」字正作「魁」。余校、段校、陳校、陸校、龐校、濮校、錢校同。

［四七］方校：「嚴氏云：『鷕字愈水切不誤。《筱韻》不應收其字，从唯得聲也。』珪案：厚民竟忘卻《説文》補音以沼切，陸氏《釋文》有耀皎、户了等音。」

［四八］陳校：「『馬』當作『鳥』，見《類篇》。」方校：「案：『鳥』譌『馬』，據《類篇》正。」

［四九］明州本、潭州本、金州本、毛鈔、錢鈔注「蜥」字作「蜥」。龐校同。疑誤。余校「易」作「蜴」。

［五〇］明州本、毛鈔、錢鈔注「上」字作「土」。余校、汪校、陳校、龐校、濮校、錢校同。方校：「案：籀文『癸』作『𤾍』，此失收。注『土』譌『上』，據宋本正。」

［五一］方校：「案：『一曰』，《説文》作『又』，段氏據此及《類篇》正。」

［五二］明州本、潭州本、金州本、錢鈔注「笑」字作「笑」。濮校同。

［五三］余校「阜」从丌，「卧」作「臥」。

［五四］方校：「案：《春官·司几筵》注『髼』作『漆』，此依《説文》。『髼』下从桼，誤。」按：明州本、潭州本、金州本、錢鈔注「髼」字正作「髼」。龐校、濮校、錢校同。

［五五］方校：「案：《説文》注：『山也，或曰弱水之所出。』與此稍異。《類篇》『名』作『也』，餘與此同。」

［五六］陳校：「从『旨』。」方校：「案：『膺』譌『膺』，據《説文》正。」按：明州本、毛鈔、錢鈔「膺」字作「膺」。余校、龐校、濮校、錢校同。

［五七］明州本、潭州本、金州本、毛鈔、錢鈔「曩」字作「曩」。段校、陳校同。

［五八］方校：「案：二徐本同。《玉篇》、《類篇》『踞』作『跪』。段氏《説文》改『居』。」

［五九］段校「邔」作「邵」。

［六〇］陳校：「《説文》作『畀』。」方校：「案：『畀』譌『畀』，據《説文》正。」

［六一］方校：「案：『軓』當从《類篇》作『軌』。後『歸』下、『郈』下从丸，亦誤。」

［六二］明州本、潭州本、金州本、毛鈔注「軌」字作「軓」。顧校、陸校、龐校、濮校、錢校同。

［六三］明州本、潭州本、金州本、錢鈔注「徹」字作「徹」。余校、龐校、濮校、錢校同。

［六四］余校「簋」作「簋」。

［六五］明州本、毛鈔、錢鈔「晷」字作「晷」。龐校、濮校同。

［六六］方校：「案：二徐本『宄』作『宄』。又『殳』，小徐本从寸作『[glyph]』，此从大徐。」

［六七］明州本、毛鈔、錢鈔「湣」字作「湣」。龐校、濮校同。

［六八］余校：「按：《釋水篇》：『水醮曰厬。』疑所引當在上『厬』字下。若『水點曰氿』，則《爾雅》無此句也。」方校：「案：《爾雅・釋水》：『水醮曰厬。』注：『謂水醮盡。』此『醮』譌『點』，當正。又曰：『氿，泉穴出。穴出，仄出也。』注：『从旁出也。』『厬』、『氿』音同義異。許氏訓義與《爾雅》正相反，不必執彼繩彼也。但『水醮曰氿』，叔重亦引《爾雅》，豈當時所見本不同耶？」

［六九］明州本、潭州本、金州本、毛鈔、錢鈔「鄙」字作「鄙」。錢校同。龐校：「『啚』者並作『啚』。」

［七〇］方校：「案：《説文》『啚』作『啚』，『嗇』作『嗇』，今竝據正。」按：明州本、潭州本、金州本、毛鈔、錢鈔作「啚」、「嗇」，似不必據《説文》改。

［七一］明州本、錢鈔注「口」字作「曰」。濮校同。誤。潭州本、金州本、毛鈔作「口」。與《列子・黄帝篇》同。

［七二］按：《方言》第六：「秦晉器破而未離謂之璺，南楚之間謂之敁。」郭注：「妨美反，一音圯塞。」據此，注「齊」字當作「南」。本韻普鄙切「敁」注引《方言》正作「南」。《類篇・攴部》亦誤。

［七三］余校「帔」作「帔」。《廣韻》：「帔，幓裂。」此余校所本。按：《説文・巾部》：「帔，幓裂也。」似不必如余校所改。詳本韻補履切「帔」字。

［七四］方校：「案：『嶏』譌『嶏』，據宋本正。『㠥』《説文》作『崩』，《類篇》同。『㠥』乃古文『崩』字。依《字鑑》則《説文》『崩』當作『㠥』。」按：明州本、潭州本、金州本、毛鈔、錢鈔注「㠥」字作「㠥」。陸校、濮校同。余校作「㠥」。

［七五］方校：「案：《方言》八『貔』作『貔』，《類篇》同。『貔』即『貔』字或體。」按：明州本、毛鈔、錢鈔注「貔」字作「貔」。濮校同。又下文「貔」字明州本、毛鈔、錢鈔亦作「貔」。

［七六］明州本、毛鈔、錢鈔注「孰」字作「熟」。韓校、龐校、濮校同。

［七七］明州本、錢鈔注「叙」字作「敘」。濮校同。

［七八］方校：「案：『匕』譌『上』，『柶』譌『柶』，據《説文》正。」按：明州本、潭州本、金州本、毛鈔、錢鈔注「上」字作「匕」。明州本、毛鈔、錢鈔注「柶」字作「柶」。韓校、顧校、陳校、陸校、龐校、濮校、錢校同。

［七九］方校：「案：『瘍』上奪『頭』字，據大徐本補。小徐本注『酸痟也』。」

［八〇］呂校：「宜作『柿』。」方校：「案：《説文》篆作『[glyph]』，小徐本隸作『柿』，段氏从之。大徐本作『柹』。此當是『柿』字之譌。又注文大徐作『削木札樸也』。小徐本『樸』作『朴』，餘同。」

［八一］陸校「軌」字作「軓」。

六止

［一］方校：「案：『以』下奪『止』字，據《説文》補。」

［二］余校「地」作「也」。

［三］方校：「案：《説文》『一』作『或』，小徐本『曰』作『云』。」

［四］陳校：「『板』，《類篇》作『枎』。」

［五］方校：「案：《爾雅》釋文作『虆』，《廣韻》引《字林》同，今正。」

［六］方校：「案：《説文》古體作『[illegible]』。」

［七］余校：「『紲』原作『紲』。」陳校：「《廣韻》作『紲』。」

［八］方校：「案：『上』譌『士』，據《類篇》正。」按：明州本、錢鈔注「士」字正作「上」。龐校、濮校、錢校同。余校「上」作「時」。

［九］明州本、錢鈔注「賣」字作「賈」。龐校、濮校、錢校同。

［一〇］方校：「案：卷二《西山經》：『罷父之山，洱水出焉。』畢氏云：『《玉篇》：洱出罷谷山。《廣韻》同。父、谷字形相近，當爲谷。』此與《類篇》『出』譌『在』，『罷谷』之『罷』，此譌『羆』，《類篇》又譌『熊』，今竝訂正。」

［一一］明州本、潭州本、金州本、毛鈔、錢鈔注「殿」字作「溵」。韓校、陳校、龐校、濮校、錢校同。丁校據《説文》改「殿」作「溵」。馬校：「『溵』，局誤『殿』。」方校：「案：『溵』譌『殿』，據宋本及《説文》正。」

［一二］明州本、毛鈔、錢鈔「第」字作「笫」。顧校、錢校同。龐校：「『第』並作『笫』。」

［一三］方校：「案：《説文》『𦚬』从肉，仕聲，此譌『𦚬』，今正。」按：明州本、毛鈔、錢鈔「𦚬」字作「𦚬」，注同。陳校、龐校、濮校、錢校同。

［一四］方校：「案：『瘕』，二徐本同，段氏依古文及《類篇》作『瑕』。」

［一五］方校：「案：『剺』譌『剺』，據《類篇》及《廣雅・釋詁二》正。」按：明州本、潭州本、金州本、毛鈔、錢鈔「剺」字正作「剺」。顧校、陳校、龐校、濮校、錢校同。

［一六］余校「齔」作「齝」。

［一七］陳校：「《廣韻》有『歎』字，同『欸』。」

［一八］方校：「案：《説文》『史』作『叏』，从又持中。中，正也。」

［一九］明州本、錢鈔「𤝔」字作「𤝔」。濮校同。依注當作「𤝔」。

［二〇］方校：「案：『𡳿』古文『事』字，非古文『使』字，上从屮，下从叏，作『𡳿』亦誤。」按：明州本、錢鈔作「𡳿」。濮校同。

［二一］方校：「案：《説文》補音及《類篇》皆鉏里切。汪氏云：『士，牀母；上，禪母。見《切韻表》。』」

［二二］明州本、毛鈔、錢鈔「柹」字作「柹」。錢校同。

［二三］方校：「汪氏云：『《説文・立部》：竢，待也。《來部》䇃引《詩》不䇃不來。丁氏誤合爲一字。』」按：明州本、錢鈔注「竢」字作「䇃」。龐校、濮校同。

［二四］明州本、錢鈔注「汜」字作「圮」。非。潭州本、金州本作「汜」。

［二五］段校：「此字从户聲，不得牀史切。當刪『戺』而補『扈』。《爾雅》：『落時謂之扈。』」方校：「案：《方言》四舊作『戺』，與《説文》合。盧氏校改从『尸』。《廣雅・釋器上》各本作『戺』，王氏校改从『户』。今从《説文・糸部》定作『戺』。音俟未詳。」

［二六］余校「萆」作「萆」。陳校：「『萆』，《廣韻》作『萆』。」

［二七］方校：「案：訓慎，見《廣雅・釋言》，俗本譌『憙』。」

［二八］明州本、錢鈔注「質」字作「質」。龐校、濮校同。非是。潭州本、金州本作「質」。《後漢書・班彪傳》「雖云優慎，無乃葸歟」，李注「《論語》孔子曰『慎而無禮則葸』，鄭玄注云『葸，質愨皃也』」，可證。又方校：「案：『愨』當从《類篇》作『愨』。」按：明州本、潭州本、金州本、毛鈔、錢鈔注「愨」字作「愨」。顧校、陸校、龐校、濮校、莫校、錢校同。

［二九］毛鈔注「革」字作「革」。《類篇》同。

［三〇］段校「簁」作「簁」。陳校、陸校同。方校：「案：『簁』譌『簁』，據《類篇》正。」

［三一］方校：「《四庫考證》案：『《孝昭功臣表》有成安郿侯郭長。』疑『郿』即謚法『思』字之異文，此云侯國，不知何據。」

［三二］方校：「案：『𢀖』譌『𢀖』，據《説文》正。」

［三三］明州本、錢鈔「秄」字作「秄」。濮校同。按：潭州本、金州本、毛鈔作「秄」。

［三四］方校：「案：小徐本『𤰈』作『壄』。段氏校本改『𤰈』，此與《類篇》从大徐本。」

［三五］　方校：「案：『朿』譌『𣎵』，『朩』譌『朩』，據《說文》正。」按：明州本、潭州本、金州本、毛鈔、錢鈔「𣎵」字正作「朿」，「朩」字正作「朩」。陸校、龐校、錢校同。

［三六］　方校：「案：古文左从人作『𠆩』，此从刀，誤。《類篇》依隸體作『仫』。」

［三七］　明州本、錢鈔注「藏」字作「蔵」，龐校同。

［三八］　明州本、錢鈔注「甬」字作「臿」。濮校、莫校、錢校同。

［三九］　明州本、毛鈔、錢鈔注「鉿」字作「鉿」。余校、陸校、龐校、濮校、錢校同。按：《廣雅・釋器》作「鉿」，曹音工納、口帀。段校：「『鉿』字是。工納反，又音口帀。」

［四〇］　方校：「嚴氏云：今《吕覽・本生篇》誤『招』。」按：此段氏校語。

［四一］　明州本、毛鈔、錢鈔注「从」字作「作」。韓校、龐校、濮校、錢校同。非是。當從潭州本、金州本作「从」。

［四二］　明州本、毛鈔、錢鈔「徵」字作「徵」。陳校、龐校、濮校、錢校同。

［四三］　明州本、錢鈔注「瓻」字作「瓶」。龐校、濮校、錢校同。非。潭州本、金州本、毛鈔作「瓻」。

［四四］　《廣雅・釋宫》：「瓻、瓯，甎也。」王氏疏證：「《集韻》、《類篇》『瓯』字注引《廣雅》：『瓻、瓯，甎也。』又有『瓬』字，注亦云：『瓻、瓬，甎也。』葢俗書『瓯』字作『瓬』，故譌而爲『瓬』。」按：王校是，此爲「瓯」之譌字，當删。

［四五］　明州本、錢鈔注「蚩」字作「蚩」。濮校同。誤。潭州本、金州本、毛鈔作「蚩」。與《類篇》同。

［四六］　明州本、錢鈔注「丈」字作「文」。龐校、濮校同。誤。潭州本、金州本、毛鈔作「丈」。

［四七］　明州本、錢鈔注「峙」字作「峙」。濮校同。誤。潭州本、金州本、毛鈔作「峙」。與《類篇》同。

［四八］　明州本、潭州本、金州本、毛鈔、錢鈔注「王」字作「玉」。陳校、陸校、龐校同。方校：「案：宋本、二徐本及《類篇》『王』皆作『玉』。」

［四九］　明州本、毛鈔、錢鈔注「甬」字作「臿」。顧校、龐校、濮校、錢校同。

［五〇］　方校：「案：《說文》『目』作『目』，『用』作『用』，今竝據正。」

［五一］　陸校「巳」作「已」。諸本皆誤。

［五二］　陳校：「『昈』从『辰巳』之『巳』。」

［五三］　方校：「案：『敎』譌『敎』，『大』譌『太』，據《說文》正。」按：明州本、毛鈔、錢鈔注「敎」字作「敎」。余校、陳校、馬校、龐校、濮校、錢校同。

［五四］　明州本、錢鈔注「驝」字作「騄」。龐校、濮校、錢校同。龐校云：「誤。」按：《廣韻・旨韻》於几切：「歖，歖欸，驢鳴。」本書《旨韻》隱几切「歖」字亦訓驢鳴。似當改「驝」作「驢」。

［五五］　明州本、潭州本、金州本、錢鈔注「許」字作「訖」。龐校、濮校同。

［五六］　明州本、潭州本、金州本、錢鈔注「笑」字作「笑」。濮校同。

［五七］　方校：「案：《類篇》『蟰』作『蠨』爲是，『蠨』見《說文》，補音蘇彫切。」按：明州本、錢鈔注「蟰」字正作「蠨」。龐校同。

［五八］　毛鈔「屺」字作「屺」。陳校、陸校、龐校、錢校同。余校「从巳」並改「从己」。

［五九］　明州本、潭州本、金州本、毛鈔、錢鈔注「王」字作「玉」。汪校、韓校、陳校、龐校同。方校：「案：此係新坿字。宋本及《類篇》『王』作『玉』，今據正。」

［六〇］　明州本、錢鈔注「梩」字作「裡」，非。潭州本、金州本作「梩」，與正文合。

［六一］　按：《說文・艸部》：「芑，白苗嘉穀也。从艸，己聲。」此作「芑」，巳聲，誤。

［六二］　陸校作「笣」，云：「下从『巳』者俱作『己』。」莫校同。

［六三］　毛鈔注「簞」字作「簞」。龐校同。

［六四］　方校：「嚴氏云：『詔定古文官書之一。』」按：此實段氏校語。

［六五］　明州本、毛鈔「蕒」字作「蕒」。

［六六］　明州本、毛鈔、錢鈔「芑」字作「芑」。顧校同。

［六七］明州本、毛鈔、錢鈔「巳」字作「己」。顧校、濮校同。
［六八］方校：「案：『字』譌『子』，據《説文》正。」按：明州本、毛鈔「子」字作「字」。余校、陳校、陸校、龐校、濮校、錢校同。
［六九］顧校「㫖」作「旨」。
［七〇］明州本、錢鈔注「倣」字作「倘」。龐校同。濮校：「倘，文殘缺。」
［七一］余校「身」上增「謹」字，「所」上增「有」字。
［七二］方校：「案：《説文》：『窅，盛皃。讀若䕤，䕤一曰若存。』蓋以『讀』字貫下兩音也。此節去『讀若䕤，䕤』句，須加『讀』字於『若』上，以箸異音。《類篇》則全録許書原文。」
［七三］方校：「案：《廣雅·釋詁四》『譬』作『譺』。」
［七四］陳校：「『醫』，《周禮》『六清』注作『醫』。又見《薺韻》壹計切。」
［七五］明州本、潭州本、金州本、毛鈔、錢鈔「你」字作「你」。龐校、濮校同。
［七六］方校：「案：『天』譌『夭』，據《類篇》正。」按：顧氏重修本已改正。明州本、潭州本、金州本、錢鈔注皆作「天」。
［七七］方校：「案：『溦』譌『澂』，據《説文》《類篇》正。」按：明州本、毛鈔、錢鈔「澂」字正作「溦」。段校、陳校、陸校、龐校、濮校同。

七尾

［一］明州本、毛鈔、錢鈔注「十」上有「文」字。陸校、龐校、濮校同。
［二］明州本、毛鈔、錢鈔「浘」下全空，注文提行。錢校：「『浘』字下小注上空七格。」方校：「嚴氏云：『宋本浘下誤空五六分。』」按：此實段氏校語。

［三］方校：「案：『颸』字，《説文》、《類篇》皆不收。」某氏校：「不必从篆體作『颸』。」韓校、顧校、馬校「颸」字作「颸」。
［四］明州本、毛鈔「亹」、「亹」二字中並从同。龐校、濮校同。
［五］馬校：「『赤粱』局誤『梁』。」方校：「案：《爾雅·釋艸》釋文：『虋，本亦作亹。』注『粱』譌从木，據郭注正。」
［六］余校、韓校「㞞」字作「㮎」。馬校：「『㮎』，局作『㞞』。」方校：「案：《釋器下》『㞞』作『棍』。」
［七］按：平聲《微韻》無非切：「磓，磥磓，磨也。齊人語。」又《脂韻》倫追切：「磥，東齊謂磨曰磥磓。」此注「砡」字疑「磥」字之誤。
［八］明州本、毛鈔注「豹」字作「豹」。龐校同。
［九］按：《説文·非部》「琶」从非，己聲。此作「琶」，从巳，誤。當改作「琶」。
［一〇］方校：「案：『王』譌『主』，據《三王世家》正。」按：明州本、毛鈔、錢鈔注「主」字正作「王」。余校、陳校、陸校、龐校、濮校同。
［一一］方校：「案：《方言》十『猝』作『卒』。郭注：『謂倉卒也。』字正作『卒』，讀若猝。」
［一二］明州本、錢鈔注「篋」字作「篋」。龐校、濮校同。
［一三］明州本、錢鈔「龔」字作「龔」。龐校、濮校、錢校同。
［一四］段校：「『賤』作『賦』。」馬校同。與《説文·龏部》合。前《删韻》逋還切「龔」字注引《説文》正作「賦事也」。
［一五］明州本、錢鈔「倛」字作「倛」。陸校、龐校同。本韻妃尾切亦作「倛」。與《類篇》同。
［一六］明州本、潭州本、金州本、錢鈔注「笑」字作「笑」。龐校同。
［一七］方校：「案：《説文》注『𧈪子也』。此衍『之』字，奪『也』字。」
［一八］某氏校：「『幾』，《説文》从𢆶，从戍。戍，兵守也。俗作『幾』、『幾』，並非。」
［一九］方校：「案：《類篇》『且數』作『數也』。『𠑹』作『𠑹』。」
［二〇］陳校：「『䥆』作『鐖』，同。」

［二一］明州本、毛鈔、錢鈔注「㡰」字作「庡」。陳校、龐校、濮校同。方校：「案：《釋詁一》作『庡』。『或作庡』之『㡰』譌从厂，據宋本正。」

［二二］明州本、潭州本、金州本、毛鈔、錢鈔注「哭」字作「哭」。濮校同。

［二三］方校：「案：『甹』當从《説文》、《類篇》作『甹』。」按：明州本、毛鈔、錢鈔「甹」字正作「甹」。陳校、龐校、濮校、莫校、錢校同。參見平聲《微韻》於希切「甹」字。

［二四］明州本、潭州本、金州本、毛鈔、錢鈔「㬥」字作「㬥」。龐校同。

［二五］方校：「案：『彤』譌『彤』，據《説文》正。」

［二六］明州本、毛鈔「轉」字作「轉」，注同。濮校同。按：當作「轉」。

［二七］吕校：「宜作『韓』。」許校：「勤案：《宋書》謝靈運《山居賦》『遲合萼於春初』，自注：『《詩》云：萼不韓韓也。』則『韓』當作『韓』，方與『从革』合。」按：明州本注「革」字作「華」。吕校、許校似有未當。詳下條。

［二八］明州本、毛鈔、錢鈔注「革」字作「華」。韓校、龐校、濮校、錢校同。方校：「案：『華』譌『革』，據宋本正。」

［二九］方校：「案：『杅』譌从干，據《説文》正。《類篇》作『抒』，尤誤。」按：明州本、潭州本、金州本、毛鈔、錢鈔注「杆」字正作「杅」。余校、陳校、陸校、龐校、濮校同。

［三〇］明州本、毛鈔、錢鈔注「莀」字作「莀」。龐校、濮校同。與《説文》合。

［三一］方校：「案：『玩』譌『翫』，據《釋訓》及《類篇》正。」

［三二］明州本、毛鈔、錢鈔注「亩」字作「亩」。段校、龐校、錢校同。

［三三］陳校：「『逐』，《類篇》作『還』。」按：明州本、錢鈔注「逐」字作「還」。龐校、濮校、錢校同。

［三四］陳校：「『羽』，《説文》作『行』，『毛』字下有『或贏』二字。」方校：「案：《爾雅·釋蟲》音義引作『或行或飛』，無『或羽』二字，『或毛』下有『或贏』二字，今《説文》無『或飛』，『贏』作『贏』，餘與釋文同。」

［三五］余校「从」改「以」。方校：「案：『以』譌『从』，據《説文》正。」

［三六］明州本、潭州本、金州本、錢鈔「斵」字作「斵」。龐校同。

［三七］方校：「汪氏云：『今《説文》分焜、熼爲二字，似丁氏所據爲長。』珪案：『楚』當改『齊』。《廣韻》：『焜，齊人云火。』葢本《方言》。《方言》十云：『煤，火也。楚轉語也，猶齊言焜，火也。』據此二書，足訂本書之誤。」

［三八］毛鈔「欰」字作「欰」。韓校、陳校同。方校：「案：『欰』譌从大，據宋本及《類篇》正。」

［三九］余校、韓校：「甶」作「甶」。按：明州本、毛鈔「甶」字作「甶」。龐校、濮校、錢校同。方校：「案：『甶』譌『甶』，據宋本正。『鬼頭』下大徐本無『鬼』字，小徐本及《類篇》竝有，段氏校本从之。『陰氣』當作『陰气』。」

［四〇］潭州本、金州本「軌」字作「軌」。

［四一］方校：「案：《類篇》『艮』作『良』。」按：明州本、潭州本、金州本、毛鈔、錢鈔注「艮」字作「良」。陳校、龐校、錢校同。

［四二］某氏校：「嚴云：『傀』之誤。」按：此實段氏校語。

八語

［一］明州本、毛鈔、錢鈔「[illegible]」字作「[illegible]」，注同。龐校、濮校、莫校、錢校同。

［二］方校：「案：『自衛』，小徐本及《類篇》同。大徐本『自』作『目』。《左·昭二十年傳》實作『澤之萑蒲』，陸書不載異文。」

［三］方校：「案：《類篇》同。《廣韻》『黳』作『檕』，字書無之。」

［四］方校：「案：《説文·邑部》篆作『[illegible]』，讀若許。」

［五］余校「後」作「㣼」。蓋據大徐本。

［六］方校：「案：《釋名》：『熯麥曰麩。』《玉篇》同。此『鬻』字當作『鬻』，『鬻』、『熯』古今字。」

［七］方校：「案：《釋魚》釋文『父』作『蚁』。《類篇》及《一切經音義》十引與此同，當仍之。」

［八］明州本、潭州本、金州本注「舉」字作「擧」。余校、龐校、錢校同。汪校改从手。

［九］明州本、金州本、毛鈔注「櫸」字作「擇」。韓校、陳校、龐校、濮校、莫校、錢校同。方校：「案：『擇』譌从木，據宋本及《類篇》、《韻會》正。」

［一〇］明州本、毛鈔、錢鈔「鬩」作「鬧」。明州本注「鬲」作「鬲」。

［一一］明州本、金州本、毛鈔、錢鈔注「箱」字作「箱」。韓校、陳校、龐校、濮校同。方校：「案：『箱』譌『箱』，《類篇》同，據《說文》正。」

［一二］方校：「案：『篆』當改『篆』。『飤』字見《說文・食部》，同『飼』，《玉篇》、《廣韻》同。《左・隱元年傳》疏及《類篇》引作『飯』，非。今本《說文》作『飲』，尤誤。」按：明州本、毛鈔、錢鈔「篆」字作「篆」。韓校、龐校、濮校、錢校同。

［一三］明州本、潭州本、金州本、毛鈔、錢鈔注「筐」字作「筐」。韓校、龐校、濮校同。

［一四］汪校：「『昷』、《說文》作『盈』，即『温』字也。孫休子字應作『盈』。明謝肇淛《五雜組》第十三卷寫作『盈』，是也。北監本《三國志》亦作『盈』。《玉篇》：『盈，於魂切，或作溫。』」方校引陳慶鏞説同。

［一五］明州本、潭州本、金州本、毛鈔、錢鈔「臭」作「臭」。龐校、濮校、錢校同。方校：「案：『臭』譌『臭』，《類篇》又譌『臭』。據宋本正。」

［一六］方校：「案：『巨』从工，此作『巨』，非。注『規』當作『規』。古文『巨』當作『𢀜』。」按：明州本、毛鈔、錢鈔「𢀜」字作「𢀜」。龐校、濮校、錢校同。

［一七］明州本、錢鈔注「臼」字作「臼」。誤。潭州本、金州本、毛鈔作「臼」。

［一八］明州本、毛鈔、錢鈔注「釀」字作「釀」。龐校、濮校同。

［一九］方校：「案：超也，大徐本作『一曰超歫』，段本同。小徐本『歫』譌『距』。」

［二〇］明州本、毛鈔、錢鈔注「鍾」字作「鐘」。龐校、濮校同。

［二一］方校：「案：《類篇》同，《韻會》引本書作『槇』、『簾』。」

［二二］方校：「案：此係新坩字。」

［二三］明州本、潭州本、金州本、毛鈔、錢鈔注「密」字作「蜜」。龐校、濮校、錢校同。汪校改「山」作「虫」。

［二四］明州本、毛鈔、錢鈔注「匡」字作「匡」，缺筆。韓校、莫校、錢校同。

［二五］方校：「案：『曝』譌从目，據《類篇》改。王本《廣雅・釋詁二》『𤁙』訓爲乾。」按：明州本、潭州本、金州本、毛鈔、錢鈔注「曝」字正作「曝」。陳校、陸校、龐校、濮校、錢校同。此條所據《廣雅》係誤本。王念孫《廣雅疏證》：「各本『乾』下脱去『也』字，遂與下文『𣊫、膊、昲、炕、煬、烈、晅、暵、曬、曝也』合爲一條。《集韻》、《類篇》『焇』、『㷗』二字注竝云『曝也』，又『羨』、『㷔』、『燉』、『𣊫』、『殦』、『𤁙』、『㷇』七字注竝引《廣雅》云『曝也』，則宋時《廣雅》本已脱去『也』字。案：本條及下條俱有『炕』字，一訓爲乾，一訓爲曝，若合爲一條，則兩『炕』字重出。又考《衆經音義》卷十三引《廣雅》『熇，乾也』。《廣韻》『燉』字注引《廣雅》『火乾物也』，《集韻》『𤁙』字又音求於切，引《廣雅》『乾也』，則宋本尚有未脱『也』字者。」

［二六］方校：「案：『蹷』譌从足，據《類篇》正。但𡿺、蹷二獸此牽混爲一，亦誤。」

［二七］方校：「案：『拍』譌『柏』，據《釋詁三》正。」

［二八］方校：「案：『肩』譌『眉』，據《玉篇》、《類篇》正。」按：明州本、毛鈔、錢鈔注「眉」字正作「肩」。陳校、馬校、龐校、濮校、錢校同。

［二九］方校：「案：『㸚』譌『㸚』，『姑』譌『姑』。據《類篇》正。」按：明州本、毛鈔、錢鈔「㸚」字正作「㸚」。顧校、陳校、龐校、濮校、莫校、錢校同。又明州本、潭州本、金州本、錢鈔注「姑」字作「姑」。龐校同。

［三〇］明州本、錢鈔注「笑」字作「笑」。濮校同。

［三一］明州本、潭州本、金州本、毛鈔、錢鈔注「干」字作「才」。衛校、韓校、陳校、丁校、龐校、濮校、錢校同。方校：「案：『什』譌『仆』，『才』譌『干』，據宋本正。《類篇》『知』作『智』，同。」按：曹本作「仆」，顧氏重修本已改。

［三二］方校：「案：『茜』譌『茜』，據《説文》正。」

［三三］方校：「案：『財』上奪『齎』字，據《説文》、《類篇》補。《説文》『賵』止作『貶』。」按：本韻爽阻切「貶」注「財」上有「齎」字，《廣韻》亦有。

［三四］丁校據《説文》作「蚣」。方校：「案：『蚣』譌『蚡』，據《説文》、《類篇》正。《説文》『蚣』或省作『蚣』。則『蚡』疑『蚣』之譌。」按：明州本、毛鈔、錢鈔注「蚡」字正作「蚣」。衛校、韓校、顧校、陳校、陸校、龐校、濮校、錢校同。

［三五］顧校、陸校注「囟」字作「凶」。

［三六］方校：「案：『眇』譌从目，據《廣雅·釋言》正。」按：明州本、潭州本、金州本「眇」字正作「眇」。陸校、龐校、莫校同。

［三七］方校：「案：『篴』譌不从竹，據《韻會》正。」按：明州本、毛鈔、錢鈔「遵」字作「篴」。龐校、濮校同。

［三八］《方言》第五：「篿謂之蔽。吴楚之間或謂之蔽，或謂之箭裏，或謂之篿毒，或謂之夗專，或謂之匯璇。」郭注：「或曰竹器，所以整頓篿者。」據此注「簙」當作「篿」。《類篇》亦誤。

［三九］明州本、潭州本、金州本、錢鈔注「含」字作「含」，與《類篇》合。濮校同。

［四〇］明州本、毛鈔、錢鈔注「藉」字作「籍」。龐校、濮校同。

［四一］方校：「案：『第』，小徐本及《類篇》同。段氏从大徐本作『弟』。」按：明州本、潭州本、金州本、毛鈔、錢鈔注「第」字正作「弟」。陸校、龐校、濮校、莫校同。

［四二］明州本、潭州本、金州本、毛鈔、錢鈔注「久」字作「夊」。韓校、陳校、陸校、龐校、濮校、錢校同。方校：「案：『屦』當作『屦』，《類篇》亦誤。注『夊』譌『久』，據宋本正。」

［四三］陳校：「『與』當作『醧』。」吕校：「《詩》作『醧』。」按：明州本、毛鈔、錢鈔注「與」字正作「醧」。韓校、衛校、丁校、龐校、濮校、錢校同。方校：「案：『醧』譌『與』，據宋本正。」

［四四］陸校作「蜇」。方校：「案：『蜇』譌从折，據《釋蟲》正。」

［四五］余校「矜」作「矜」。陳校：「《山海經》作『矜』，見《震韻》時刃切。」

［四六］陳校：「獸形非魚形，字刪。」方校：「案：卷四《東山經》：『犲山其下多水，其中多堪孖之魚。有獸焉，其狀如夸父而彘毛。』此謂魚生於山而以狀獸者，狀魚胥失之矣。」

［四七］吕校：「宜作『十』。」按：明州本、潭州本、金州本、毛鈔、錢鈔注「七」字作「十」。韓校、龐校、濮校同。

［四八］明州本、潭州本、金州本、毛鈔、錢鈔注「祖」字作「祖」。陳校、陸校、龐校、錢校同。吕校：「宜作『祖』。」

［四九］陳校：「『鲎』當作『蝑』。《方言》『鲎』音蘽，『蝑』音壞沮。」

［五〇］明州本、錢鈔注「擠」字作「櫅」，从木。龐校、濮校、錢校同。按：當作「櫅」。參見《噳韻》聳取切「蝨」字校語。

［五一］明州本、毛鈔、錢鈔注「糈」字作「精」。韓校、陸校、龐校、濮校、錢校同。汪校改从「咠」。陳校作「精」。莫校同。方校：「案：俗『糈』字當从宋本作『糈』。」

［五二］明州本、毛鈔注「齋」字作「齎」。龐校、濮校、錢校同。

［五三］方校：「案：《莊子·天道篇》：『鼠壤有餘蔬。』注：『蔬讀若糈，粒也。』此作『蔬』，誤。」按：明州本、毛鈔、錢鈔注「蔬」字作「蔬」。龐校、濮校同。

［五四］明州本、潭州本、金州本、錢鈔注「咒」字作「呪」。濮校、錢校同。

［五五］潭州本、金州本注「刱」字作「刱」。明州本、錢鈔注作「刱」。龐校、濮校同。

［五六］明州本、毛鈔、錢鈔注「鱸」字作「鱸」，注同。余校、許校、龐校、濮校、錢校同。方校：「案：『鱸』譌『鱸』，據宋本及《説文》正。」

［五七］明州本、毛鈔、錢鈔「鼠」字作「鼠」。龐校、濮校、莫校同。

［五八］方校：「案：《説文》『種』作『穜』。『禾』上當依《廣韻》所引增『故从』二字。」按：明州本、金州本、毛鈔、錢鈔注「種」字正作「穜」。余校、陸校、龐校、濮校同。

［五九］明州本、毛鈔、錢鈔「蝢」字作「蝢」。顧校同。

［六〇］方校：「案：『蜻』譌『蜻』，據《類篇》正。《廣雅·釋蟲》『蜻蛉』作『蜻蜓』。」按：明州本、毛鈔、錢鈔注「蜻」字作

「蜡」。顧校、陸校、龐校、濮校、錢校同。

[六一] 明州本、錢鈔注「瘨」字作「癲」。龐校同。

[六二] 明州本、潭州本、金州本、毛鈔、錢鈔「鬻」上有○。余校、顧校、陸校、龐校、濮校同。方校：「案：『鬻』上失圈隔，今補。《説文》『享』作『亯』。」

[六三] 明州本、潭州本、金州本、毛鈔、錢鈔「鬻」字作「鬻」。龐校同，濮校：「並从『㢸』。」

[六四] 明州本、毛鈔、錢鈔注「逢」字作「逄」。龐校同。

[六五] 按：《紙韻》掌氏切「蠚」字注云：「毒蟲名。」去聲《御韻》章恕切「蠚」字注云：「毒蟲。」作「毒」與《類篇》同。疑此「惡」字當作「毒」。

[六六] 明州本、毛鈔、錢鈔注「盡」字作「蟲」。余校、韓校、陳校、龐校、濮校、錢校同。方校：「案：『蟲』譌『盡』，據宋本及《周禮・秋官》鄭注正。『言』，鄭注同，《類篇》作『官』。」

[六七] 方校：「嚴氏云：『宋本無。』珪案：此毛氏影抄誤奪也。」按：明州本、錢鈔均無此○，則非毛氏影鈔誤奪，蓋明州本刻工所誤。潭州本、金州本有。

[六八] 明州本、錢鈔注「田」字作「曰」，非。潭州本、金州本、毛鈔作「田」。

[六九] 方校：「案：『挹』譌从木，據《説文》正。」

[七〇] 方校：「案：『名』字衍，據《説文》删。」

[七一] 余校「弡」作「弜」。

[七二] 明州本、毛鈔、錢鈔「竊」字作「竊」，注同。韓校、陳校、龐校、濮校、錢校同。方校：「案：『竊』譌『竊』，據宋本及《説文》正。」

[七三] 明州本、錢鈔注「貐」字作「貐」。潭州本、金州本、毛鈔作「貐」。

[七四] 明州本、潭州本、金州本、毛鈔、錢鈔注「囊」作「囊」。龐校同。

[七五] 方校：「案：《説文》『齡』从峀，段校作『峠』。『盛』上《篇》、《韻》引無『載』字。」按：明州本、毛鈔、錢鈔「齡」字作「齡」，注「峀」字作「峀」。韓校、龐校同。

[七六] 毛鈔、錢鈔注「晳」字作「晳」。韓校、濮校同。

[七七] 方校：「案：『穀』譌『穀』，據《説文》正。下丑吕切同。」按：錢鈔注「穀」字作「穀」。濮校同。

[七八] 某氏校：「《説文》十四篇部首作『[illegible]』。惠半農曰：『《宀部》無宁，似不當作宁，从宀从丁，形聲兩失。當依古文作[illegible]。』愚案：惠説甚是。但相沿已久，遽改从古，恐驚俗也。」

[七九] 明州本、錢鈔注「粦」字作「粦」。龐校同。誤。潭州本、金州本、毛鈔作「粦」。

[八〇] 方校：「案：《類篇》『陳』下有『漆』字。今考《張釋之傳》『陳』下『漆』上有『絮』字，『漆』下有『其間』二字。」

[八一] 方校：「案：『鹽』譌『鹽』，據《説文》正。」

[八二] 潭州本、金州本注「从」字作「夂」。明州本、錢鈔、毛鈔作「夂」。韓校、陳校、陸校、龐校、濮校、莫校、錢校同。方校：「案：『夂』譌『从』，據宋本及《詩・燕燕》毛傳正。」

[八三] 明州本、毛鈔、錢鈔「㙐」字作「堵」。韓校、龐校、濮校、錢校同。按：注云「或从止」，則明州本誤。潭州本、金州本作「㙐」。

[八四] 陳校作「緒」。方校：「案：《説文》『者』作『緒』，當據正。」

[八五] 明州本、毛鈔、錢鈔注「胥」字作「胥」。韓校、陳校、龐校、濮校、錢校同。又明州本、潭州本、金州本、毛鈔、錢鈔注「目」字作「臣」。汪校、衛校、陳校、丁校、龐校、錢校同。方校：「案：『胥』譌『胥』，『臣』譌『目』，據宋本及《説文》正。《説文》『封』上有『故』字，當據補。」

[八六] 方校：「案：《説文》『旅』从㫃从从。此作『旅』，或作『旅』，竝非。」按：明州本、金州本、毛鈔、錢鈔「旅」字作「旅」。韓校、陳校、龐校、濮校同。

[八七] 方校：「案：此見《荀子・非十二子篇》，楊注：『傴音吕。』」

[八八] 明州本、錢鈔「篇」字作「篇」。韓校、龐校、濮校、錢校同。陳校：「『篇』，《類篇》作『篇』。」方校：「案：《類篇》或體作『菌』。」按：《類篇》从⺮，不从艸，方氏誤。

[八九] 明州本、錢鈔「廬」字作「廬」。顧校、濮校同。

[九〇] 明州本、潭州本、金州本、毛鈔、錢鈔注「柜」字作「粔」。衛校、韓校、陳校、陸校、龐校、濮校、錢校同。丁校據《方言》作「粔」。方校：「案：『柜』當作『粔』。粔粔，餅餌，見《一切經音義》五引《蒼頡》。」

[九一] 明州本、潭州本、金州本、錢鈔注「輿」字作「舁」。濮校同。

[九二] 方校：「案：二徐本及《類篇》『與』皆作『予』。」

[九三] 方校：「案：《左傳·定五年》釋文『輿』音餘，本又作『與』，羊汝反。此讀『輿』上聲，似誤。」

九噳

[一] 方校：「案：『麆』譌『麆』，據《說文》正。」按：明州本、潭州本、金州本、毛鈔注「麆」字正作「麆」。陳校、龐校、濮校、錢校同。

[二] 明州本、潭州本、金州本、錢鈔注「笑」字作「笑」。與《類篇》合。濮校同。

[三] 方校：「案：『痀』譌『㽃』，據《類篇》及注文正。」按：明州本、毛鈔、錢鈔「㽃」字作「痀」。段校、陳校、陸校、龐校、濮校、錢校同。

[四] 方校：「案：當从《類篇》作『噢咻，痛聲』。」

[五] 明州本、毛鈔、錢鈔注「煦」字作「煦」。龐校、濮校、錢校同。

[六] 毛鈔注「膘」字作「膘」。段校、韓校、顧校、陳校、陸校、龐校、濮校、錢校同。方校：「案：『膘』譌『膘』，據宋本及《周禮·天官·內饔》注正。」

[七] 明州本、潭州本、金州本、毛鈔、錢鈔「䎓」字作「䎓」。余校、韓校、龐校、濮校、錢校同。

[八] 方校：「案：『鄉』譌『縣』，據《篇》、《韻》、《類篇》正。」

[九] 明州本、毛鈔、錢鈔注「柔」字作「柔」，非是。潭州本、金州本作「柔」。

[一〇] 《廣韻》「其」下有「實」字，余校據補。陳校同。方校：「案：『皁』譌『皂』，『樣』譌『㨾』，據《說文》正。『其』下二徐本竝有『實』字，段氏據此及《類篇》刪。」按：明州本、錢鈔注「皂」字作「皁」。龐校、濮校、錢校同。又明州本、毛鈔、錢鈔注「㨾」字作「樣」。余校、陳校、陸校、龐校、錢校同。

[一一] 明州本。錢鈔注第二「訏」字作「許」。濮校同。誤。潭州本、金州本、毛鈔作「訏」。

[一二] 余校作「斷」。方校：「案：『斷』譌『齨』，據《說文》正。」

[一三] 潭州本注「翖」字下有〇，誤。明州本、金州本、毛鈔、錢鈔並無。

[一四] 方校：「案：『稄稯』譌从禾，據《說文》正，《篇》、《韻》不誤。」

[一五] 明州本、錢鈔注「鍇」字作「一」。濮校同。誤。潭州本、金州本、毛鈔作「鍇」，與《說文》合，不誤。

[一六] 某氏校：「『曰』上脱『一』字，補。《類篇》亦脱。」

[一七] 方校：「案：《釋畜》作『馬後足皆白，驹』，此誤。」某氏校：「汪云：『今《爾雅》作驹。』」按：明州本、毛鈔、錢鈔注「豕」字作「馬」，注「狗」字作「驹」。龐校、濮校同。

[一八] 《漢書·地理志》魏郡武始縣自注：「又有拘澗水，東北至邯鄲入白渠。」顏注：「應劭曰：『拘音矩。』」據此，注「南」字當作「北」。

[一九] 方校：「嚴氏云：『釋文从木。』」按：此段氏校語。顧校、陸校同。

[二〇] 明州本、潭州本、金州本、錢鈔注「蠹」字作「蠧」。濮校同。

[二一] 陳校：「《說文》从宀，《類篇》亦从宀。」方校：「案：《說文》『寠』入《宀部》，此上从穴，誤。」

[二二] 陳云：「『䂓』同『規』。」

[二三] 明州本、錢鈔「檟」字作「橨」。龐校、濮校同。

[二四] 陸校注「侖」作「俞」，與正文同。錢校同。

[二五] 方校：「案：《類篇》『罔』作『雨』，當據正。又『㒺』，小徐本同，大徐本作『罔』，近是。『從』當作『从』。」按：錢鈔注「罔」作「雨」。濮校同。

[二六] 明州本、錢鈔注「妘」字作「妘」。濮校同。非是。依《說文》當作「妘」。

[二七] 方校：「嚴氏云：『辿，古文。』」

[二八] 段校：「『柎』，釋文从扌。」

[二九] 方校：「案：二徐本同，《類篇》『揗』作『循』，非。」

[三〇] 方校：「案：『把』譌从木，據《類篇》、《韻會》正。《廣韻》从弓作『弝』。」按：明州本、潭州本、金州本、毛鈔、錢鈔注「杷」字正作「把」。陳校、陸校、龐校、濮校、莫校、錢校同。

[三一] 陸校「本」作「布」。某氏校：「注『布』譌『本』，以《說文》校改。」

[三二] 余校「也」作「字」。段校、陳校、陸校同。方校：「案：『字』譌『也』，據《說文》正。」

[三三] 明州本、毛鈔、錢鈔「黼」字作「黼」。段校、韓校、陳校、龐校、濮校、錢校同。又明州本、潭州本、金州本、毛鈔、錢鈔「䪷」字作「黼」。汪校、韓校、陳校、陸校、龐校、濮校、錢校同。方校：「案：『黼』字當从宋本及《說文》作『黼』，重文『黼』譌『䪷』，據《穀梁・桓十四年傳》注釋文正，注文不誤。」

[三四] 潭州本、金州本「郙」字缺丶。

[三五] 陳校：「『彐』，《類篇》作『卂』。」按：明州本、潭州本、金州本、毛鈔、錢鈔「彐」字作「彐」。段校、韓校、濮校、錢校同。方校：「案：『彐』从又舉杖，此作『彐』，形義竝乖其實矣。宋本作『彐』，《類篇》作『卂』，皆非。」

[三六] 方校：「案：注謂古作『五』，尤謬。」按：明州本、潭州本、金州本、毛鈔、錢鈔「五」字作「彐」。韓校、陸校、濮校同。

[三七] 明州本、毛鈔、錢鈔「頼」字作「頔」。韓校、顧校、陳校、陸校、許校、龐校、濮校、錢校同。方校：「案：『頔』譌『頼』，據宋本及注文正。」

[三八] 明州本、金州本、毛鈔、錢鈔「鬴」字作「鬴」，「鬴」字作「鬴」。韓校、顧校。陳校、陸校、龐校、濮校、錢校同。方校：「案：字當作「鬴」、「鬴」。據宋本及《說文》、《類篇》正。」

[三九] 方校：「案：『滏』譌『滏』，據《說文》及《水經注》十正。」段校、陳校、龐校、濮校同。

[四〇] 方校：「案：《廣雅・釋詁一》𡚣，王氏校本據此坿録。」

[四一] 明州本、毛鈔、錢鈔「鴮」字作「鴮」。段校、陳校、陸校、龐校、濮校、錢校同。方校：「案：『鴮』譌『鴮』，據宋本及《篇》、《韻》、《類篇》正。」

[四二] 明州本、錢鈔注「王」字作「主」。龐校、濮校、錢校同。誤。潭州本、金州本、毛鈔作「王」。與《爾雅・釋蟲》合。

[四三] 明州本、毛鈔、錢鈔「�」字作「鴸」，韓校同。按：當作「鴸」。

[四四] 方校：「案：《篇》、《韻》竝云：『鴩鴩，越鳥。』與此及《類篇》異。」

[四五] 方校：「案：『帪』譌『忪』，據《類篇》正。」按：明州本注「忪」字作「帪」。陳校、陸校、濮校同。

[四六] 方校：「案：《廣雅・釋詁三》『踬』作『武』，『跡』作『迹』。」

[四七] 衛校「用」作「兩」。丁校據《說文》改「兩」。

[四八] 明州本、潭州本、金州本、毛鈔「侮」字作「侮」。段校：「宋本从『毋』。」濮校同。陸校：「『侮』、『侮』、『悔』、『姆』，此四字皆从『毋』，不从『母』，下注俱仿此。」方校：「案：宋本从『毋』，非。『傷』，二徐本同，段校改『傷』。」按：某氏校以此爲嚴氏校語。

[四九] 陳校：「『儛』同『憮』，二字義併。」

[五〇] 方校：「案：大徐本『撫』上有『煤』字，小徐本作『煤憮』，段氏校本从之。」

[五一] 方校：「案：『庀』當从《類篇》作『庀』。」按：明州本、毛鈔、錢鈔「庀」字作「庀」。段校、韓校、陳校同。

[五二] 方校：「案：《説文》作『森』，故有此訓。『冊』當作『卌』。」按：明州本、毛鈔、錢鈔注「卌」字作「冊」。陸校、龐校、濮校、錢校同。

[五三] 方校：「案：『网』譌『冈』，據《説文》正。」顧校、陳校、陸校「冈」字作「网」。

[五四] 毛鈔「罤」作「罤」。段校从「卌」。顧校、陸校同。方校：「案：宋本从『卌』，以《説文》校，當从『母』。」按：據某氏校，此爲嚴氏校語。

[五五] 方校：「案：《類篇》『舟』上有『長』字。」

[五六] 方校：「案：『頴』譌『頴』，據大徐本正，小徐本作『汝』。」按：明州本、毛鈔、錢鈔注「頴」字正作「頴」。龐校、濮校、錢校同。

[五七] 余校：「『瓦』皆作『瓦』。」

[五八] 方校：「案：《方言》五作『甂』。」

[五九] 段校：「當从『母』。」陳校、陸校、濮校同。方校：「案：『鴞』譌『鴞』，據《説文》正。『毌』當从《類篇》作『母』。」

[六〇] 方校：「案：『縝』、『縲』二徐本竝作『縝』，段氏校本竝作『縝』。」

[六一] 方校：「案：《方言》五舊作『繸』，盧氏从宋本《方言》、《廣雅》、《玉篇》改『繸』。『襶』當作『襶』，《類篇》从才，亦誤。」按：明州本、錢鈔注「襶」字正作「襶」。陳校、陸校、龐校、濮校同。毛鈔作「襶」，誤。

[六二] 方校：「案：『樻』譌『樻』，據段氏校本及《類篇》正。」按：明州本、錢鈔注「樻」字作「樻」。龐校、濮校作「樻」。

[六三] 陳校：「《廣韻》作『鄹』。」

[六四] 丁校「豊」作「豐」。

[六五] 龐校、濮校「樻」字作「樻」。按：明州本、錢鈔注誤作「樻」。

[六六] 明州本、錢鈔注「腫」字作「腴」。濮校同。

[六七] 余校：「按：『豎』字上當有〇。」方校：「案：『豎』上失圈隔，今補。」按：明州本、潭州本、金州本、毛鈔、錢鈔「豎」上均有圈。段校、陳校、龐校、濮校、錢校同。

[六八] 明州本、毛鈔、錢鈔「㬮」字作「偃」。陳校、龐校、濮校同。

[六九] 某氏校：「『袹』注『褕』譌从示，从《方言》四校改。」按：潭州本、金州本注正作「褕」。陸校同。

[七〇] 方校：「案：『猰』譌『猰』，據宋本及《類篇》正。」按：明州本、毛鈔、錢鈔「猰」字正作「猰」。

[七一] 明州本、錢鈔注「候」字作「猴」。濮校同。誤。潭州本、金州本、毛鈔作「候」。與《説文》同。

[七二] 金州本、毛鈔、錢鈔注「染」字作「染」。龐校、濮校同。

[七三] 方校：「案：二徐本同。段氏云：『當作揳，後人妄改。』」

[七四] 方校：「案：《類篇》同。二徐本竝作『厚酒』。」

[七五] 明州本、潭州本、金州本、毛鈔、錢鈔「、」字作「丨」。濮校、錢校同。

[七六] 陳校：「『而』上補『、』字。」方校：「案：『而』上奪『、』字，據《説文》補。」

[七七] 丁校據《類篇》作「吐」。方校同。按：明州本、潭州本、金州本、毛鈔、錢鈔「跓」字作「吐」。衛校、韓校、陳校、陸校、龐校、濮校、莫校同。

[七八] 明州本、潭州本、金州本、毛鈔、錢鈔「吐」字作「跓」。韓校、陳校、陸校、龐校、濮校、錢校同。方校：「案：此與上『跓』注互譌，據宋本及《廣韻》正。」

[七九] 明州本、錢鈔注「廷」字作「侹」。龐校同。潭州本、金州本作「侹」。

[八〇] 陳校：「當从『巾』，見《玉篇》。」按：唐寫本韻書殘卷伯二〇一一、王二从「心」。

[八一] 方校：「案：『覼』，《説文》訓好視，俗作『覼』，非是。《廣韻》亦誤。」

[八二] 陸校作「羸」。方校：「案：『羸』，嚴校改『羸』，檢《漢志》實作『羸縣』，屬交趾郡，孟康音蓮。據此則中从車、从連皆非。」

[八三] 明州本、錢鈔注下「淒」字作「婁」。濮校同。誤。潭州本、金州本、毛鈔作「淒」。與《説文》合。

[八四] 明州本、錢鈔注「傘」字作「傘」。濮校、錢校同。按：潭州本、金州本、毛鈔作「傘」。方校：「案：枸簍，傘也。見《廣雅·釋器上》。」

[八五] 明州本、潭州本、金州本、毛鈔、錢鈔注「蔢」字作「蔢」。韓校、龐校、濮校、錢校同。方校：「案：『蔢』譌『蔢』，據宋本及《釋艸》正。『雞腸』下郭注有『艸』字。又『蘩』字，段校：「宋从竹。」陸校作「蘩」。」

[八六] 方校：「案：『茵』譌『茵』，《廣韻》并譌『遒』。注『菣』譌『菣』，據《類篇》正。」按：「茵」，顧氏重修本已改正。潭州本、金州本、毛鈔作「茵」。明州本、毛鈔、錢鈔注「菣」作「菣」。陳校、陸校、龐校、濮校、錢校同。

[八七] 方校：「案：『戴』譌『帶』，據《漢書·東方朔傳》、《楊敞傳》注正。」

[八八] 余校：「『庾』作『庾』，『臾』皆作『臾』。」方校：「案：『庾』、『匬』譌从臾。注『倉』譌『倉』，據《説文》正。《説文》『漕』作『槽』，《類篇》引與此同，段氏校本从之。」按：明州本、潭州本、金州本、毛鈔、錢鈔注「倉」字正作「倉」。濮校同。

[八九] 顧校「桼」作「桼」。方校：「案：『桼』當从《類篇》作『桼』，『桼三斞』見《考工記·弓人》，本或作『漆』。汲古本作『求』，非是。『鋉』、《類篇》作『斞』，二字均不見釋文。」按：明州本、錢鈔「鋉」字作「鋉」。顧校、龐校、濮校、錢校同。陳校：「『斞』當作『鋉』。又見《鍾韻》諸容切，同。」按：「鋉」从臾从螽省。

[九〇] 段校：「此當作『抭』，抒也。」某氏校：「嚴云：『抭當作抭，抒也。』」案：《廣韻》庾紐下亦云：『抭，刺也。』嚴校是也。」

[九一] 方校：「案：注『瘉』譌『瘉』，據《類篇》及本文正。」按：明州本、潭州本、金州本、毛鈔、錢鈔注「瘉」字作「瘉」。濮校、錢校同。

[九二] 明州本、錢鈔注「窪」字作「窪」。龐校、濮校同。

[九三] 潭州本、金州本注「窳」作「窳」。非。明州本、毛鈔、錢鈔作「窳」。與《漢書·地理志》同。

[九四] 方校：「案：『薛蕨』譌『薛萸』，據《類篇》正。」按：明州本、錢鈔注「薛」字作「薛」。龐校、濮校、錢校同。

[九五] 方校：「案：『爪』譌『爪』，據《説文》正。」按：潭州本、金州本注「爪」字作「爪」。陸校、龐校同。

[九六] 段校：「見《聘禮》。」方校：「嚴氏云：『見《聘禮》，劉音庾。』」

十姥

[一] 明州本、錢鈔注「補」字作「捕」。龐校、濮校、錢校同。非。潭州本、金州本、毛鈔作「補」。

[二] 陳校：「《玉篇》作『嫣，音姥，馬行皃』。」

[三] 方校：「案：《廣雅·釋親》㛂，王氏據此及《類篇》補。」

[四] 明州本、潭州本、金州本、毛鈔、錢鈔注「某」字作「甚」。段校、汪校、韓校、陳校、陸校、龐校、濮校、錢校同。方校：「案：『甚』譌『某』，據宋本及《類篇》正。」

[五] 明州本、毛鈔、錢鈔「莽」字作「莾」。陳校、濮校同。

[六] 汪校「足」作「定」。陳校：「『足』亦作『定』，見下『譕』字注。」方校：「案：後文『譕』注『足』作『定』，據《類篇》當以『足』爲是。」

[七] 方校：「案：『鉆』譌『鉆』，據《廣韻》、《類篇》正。」按：明州本、潭州本、金州本、毛鈔、錢鈔注「鉆」字正作「鉆」。韓校、陳校、陸校、龐校、錢校同。

[八] 明州本、潭州本、金州本、毛鈔、錢鈔注「頴」字作「隷」。段校、韓校、陸校、龐校、濮校、錢校同。方校：「案：『隷』譌『頴』，據宋本及《類篇》正。」

[九] 方校：「案：此係新坿字。」

[一〇] 明州本、毛鈔、錢鈔「黼」字作「黼」。韓校、陳校、龐校、濮校、錢校同。又明州本、潭州本、金州本、毛鈔、錢鈔注「方」字作「玄」。段校、汪校、陳校、陸校、龐校、濮校、錢校同。方校：「案：『黼』譌『黼』，『玄』譌『方』，據宋本及《詩·采菽》正。」

[一一] 方校：「案：《易・豐卦》：『豐其蔀。』注『蔀』作『障』，同。」

[一二] 方校：「案：『蘆』譌『蘆』，據《爾雅・釋艸》正。後坐五切同。『州』當从《類篇》作『忖』。」按：明州本、錢鈔「蘆」字作「蘆」。陸校同。

[一三] 明州本、錢鈔注「州」字作「利」。龐校、錢校同。

[一四] 方校：「案：『䀂』，正文从盧，注文从盧，竝誤。《廣雅・釋言》止作『䀂』。」按：明州本、潭州本、金州本、毛鈔、錢鈔「䀂」字作「䀂」，注同。余校、韓校、陳校、陸校、龐校、濮校、錢校同。

[一五] 方校：「案：『鋁』譌『鋁』，據《廣雅・釋器下》正。曹音力庶反。」按：明州本、潭州本、金州本、毛鈔、錢鈔「鋁」字正作「鋁」。陳校、龐校、濮校、錢校同。

[一六] 明州本、潭州本、金州本、毛鈔、錢鈔注「總」字作「揔」。龐校、濮校、錢校同。

[一七] 余校「緣」作「瑑」。陳校同。方校：「案：『瑑』譌从糸，據《説文》正。」

[一八] 方校：「案：『鶡』譌从易，據《類篇》正。」按：明州本、潭州本、金州本、毛鈔、錢鈔注「鶡」字作「鶡」。余校、陳校、陸校、錢校同。段校：「宋从易。」

[一九] 明州本、毛鈔、錢鈔注「纓」字作「纓」。陳校。龐校同，按：潭州本、金州本作「纓」，誤。

[二〇] 段校：「當从禾。」方校：「案：『蒩』譌从租，據《説文》正。」

[二一] 明州本、潭州本、金州本、毛鈔、錢鈔「䞣」字作「䞣」。龐校同。

[二二] 方校：「案：『䖒』見《説文・且部》，且往也。補音昨誤切。似與『租』非一字。」

[二三] 明州本、毛鈔、錢鈔「蘆」作「蘆」。顧校、陳校、龐校同。

[二四] 方校：「案：『弈』譌『雅』，據《韻會》正。《類篇》作《博雅》『弈取』，尤誤。」按：明州本、毛鈔、錢鈔注「雅」字正作「弈」。陳校、龐校、濮校、錢校同。

[二五] 陳校：「釋文云：《左傳・莊公十四年》『堵敖』，注：『楚人謂未成君爲敖。』《史記》作『杜敖』。」

[二六] 方校：「案：『物』上當依《説文》補『丨』字，《玉篇》、《類篇》引亦誤奪。」

[二七] 明州本、毛鈔「㪙」字作「㪙」。龐校同。

[二八] 《類篇・邑部》作「邨」。莫校同。

[二九] 方校：「案：《方言》三作『杜』。」

[三〇] 明州本、潭州本、金州本、毛鈔、錢鈔「𣃚」字作「𣃚」，注同。段校、韓校、陸校、龐校、濮校、錢校同。方校：「案：『𣃚』譌『𣃚』，據宋本及《類篇》正。」

[三一] 明州本、錢鈔注「鵠」字作「鶻」。龐校、濮校同。誤。潭州本、金州本、毛鈔作「鵠」。與《類篇》同。

[三二] 明州本、潭州本、金州本、毛鈔、錢鈔注「䅵」字作「獲」。韓校、顧校、陳校、陸校、龐校、濮校、莫校、錢校同。方校：「案：『虜』見《毌部》，此上从虍，下从男，非。注『獲』譌『䅵』，據宋本及《説文》正。」

[三三] 明州本、潭州本、金州本、毛鈔、錢鈔注上「或」字作「惑」。韓校、顧校、陳校、濮校、莫校、錢校同。方校：「案：『惑』譌『或』，據宋本及《類篇》正。」

[三四] 明州本、毛鈔、錢鈔注「鬣」字作「鬣」。龐校、濮校、錢校同。

[三五] 毛鈔注「嘯」字作「嘯」。韓校同。他本並作「嘯」。

[三六] 方校：「案：『杼』當作『柧』，即古『杼』字。《廣韻》作『杼』，誤。」

[三七] 明州本、毛鈔、錢鈔注「潽」字作「潘」。陳校、龐校同。與《説文》合。

[三八] 陳校：「『嚕』，《類篇》：諂也。」方校：「案：《類篇》『語』作『諂』，《玉篇》訓與此同。」

[三九] 《方言》第一：「釗、薄，勉也。秦晉曰釗，或曰薄。故其鄙語曰薄努猶勉努也。」郭注：「如今人言努力也。」未見「努，勉也」之語，俟考。

[四〇] 方校：「案：《廣韻》謂『水弩，蟲』，『弩』从弓。作『蛩』者俗。」

[四一] 明州本、毛鈔、錢鈔「[illegible]」、「勵」作「[illegible]」、「勵」，注同。韓校、顧校、陸校、龐校、濮校、錢校同。方校：「案：《類篇》

「厲」作「𠩺」」，與《説文》合。宋本作「厲」，誤。「勵」當从宋本作「勵」。」按：《説文》「勵」作「勱」。

〔四二〕陳校：「『許』，《説文》作『汻』。」方校：「案：『汻』譌从言，據《説文》正。《類篇》『汻』下云姓也，許朗、虎晃二切。遺卻《説文》本音本訓，亦誤。注『厓』字大徐本同，小徐本作『崖』，非。」

〔四三〕方校：「案：『栜』譌『柹』，據《毛詩·伐木》傳正。」按：潭州本、金州本注「柹」字作「柹」。

〔四四〕明州本、潭州本、金州本、毛鈔、錢鈔注「日」字作「曰」。汪校、陳校、龐校、莫校同。方校：「案：『曰』譌『日』，據宋本及《類篇》正。」

〔四五〕方校：「案：『敱』、『鼓』皆當从《類篇》作『鼓』，二徐本注文亦誤从支。」

〔四六〕明州本、毛鈔、錢鈔注「肤」字作「昳」。龐校、濮校、錢校同。方校：「案：『肤』譌『肤』，據小徐本及段氏校本正。毛刻作『昳』，《類篇》、《韻會》作『昳』，係新坿字。」

〔四七〕方校：「案：『坐』下『賣』譌『賈』，據《説文》正。《漢書·高帝紀下》及《胡建傳》皆可證。《類篇》不誤。」按：明州本、錢鈔注「坐」下「賈」字正作「賣」。龐校、濮校、錢校同。

〔四八〕明州本、毛鈔、錢鈔注「血」字作「皿」。汪校、韓校、陳校、陸校、吕校、龐校、濮校、錢校同。方校：「案：『皿』譌『血』，據宋本及《左·昭元年傳》正。『晦淫』，宋本《説文》同，二徐本作『淫溺』，亦本《左傳》文。」

〔四九〕方校：「案：『臬』當作『梟』。段氏據《史記·封禪書》『磔狗邑四門』索隱引樂彦語，改『梟桀死』爲『梟磔夗』。」按：明州本、毛鈔、錢鈔注「臬」字正作「梟」。汪校、韓校、陳校、陸校、龐校、濮校、錢校同。

〔五〇〕陳校：「《玉篇》或爲『罟』。」錢校作「罟」。

〔五一〕明州本、潭州本、金州本、毛鈔、錢鈔「兕」字作「兕」。韓校、顧校、陳校、濮校、錢校同。方校：「案：小徐本『兕』作『兕』，『人』作『儿』，今據正。宋本『兕』作『兕』，亦誤。」

〔五二〕明州本、潭州本、金州本、毛鈔、錢鈔注「从」字作「作」。韓校、龐校、濮校、錢校同。方校：「案：『或从兕』，宋本『从』作『作』。《類篇》『兕』作『兕』，當从之。」

〔五三〕明州本、錢鈔注「斗」字作「丩」。濮校同。

〔五四〕明州本、毛鈔、錢鈔注「蘢」字作「籠」。韓校、龐校、濮校、錢校同。方校：「案：宋本作『籠鼓』，誤。《釋艸》本作『紅，蘢古』。郭注：『俗呼紅艸爲龍鼓，語轉耳。』此『紅』與『鼓』竝从艸，蓋依《唐本艸》注。『一曰』二字衍。」按：潭州本、金州本亦作「蘢」。

〔五五〕方校：「案：『稅』譌从木，據《廣韻》、《類篇》正。」按：明州本、潭州本、金州本、毛鈔、錢鈔注「梲」字正作「稅」。余校、陳校、龐校、濮校、錢校同。

〔五六〕方校：「案：此係徐鉉語，許書只云『上諱』。蓋漢安帝名也。」某氏校引汪云：「『福也』二字徐鉉語。」

〔五七〕明州本「屺」字作「岠」。龐校同。毛鈔「岷」字作「岠」。濮校同。方校：「案：古文『㞯』从山从弓，隸當作『岠』。『岷』，《類篇》从山作『岷』，疑誤。」

〔五八〕段校「柹挹」作「抪摿」。衛校、陳校、陸校、濮校同。丁校據《類篇》作「抪摿」。方校同。按：明州本、潭州本、毛鈔、錢鈔「柹」字正作「抪」。龐校、錢校同。

〔五九〕明州本、毛鈔、錢鈔注「婊」字作「裱」。韓校、陳校、龐校、濮校、錢校同。方校：「案：『裱』譌从女，據宋本及《方言》四正。」

〔六〇〕方校：「案：『抒』譌从木，據《廣韻》、《類篇》正。」按：明州本、毛鈔、錢鈔注「杼」字作「抒」。段校、陳校、陸校、龐校、濮校、錢校同。

〔六一〕方校：「案：段氏云：『《儀禮》鉶芼與許所據異。』」

〔六二〕明州本、毛鈔、錢鈔注「媎」字作「姐」。龐校、濮校、錢校同。

〔六三〕方校：「案：二徐本『鴟』作『鴟』，但《説文》有『鵟』無『鴟』，豈在上在旁可通用耶？『鴟』當依《廣韻》改『鵟』，鵟，雇也。見《説文》。此作『鴟』，大徐本及《類篇》作『鵟』，小徐本『鵟』下疊『鵟』字。雖音訓皆通，而許書不見，知非當日本字也。段校本亦可證。」

［六四］丁校：「《爾雅》『盾』作『鶥』。」吕校同。

［六五］明州本、毛鈔、錢鈔注「鳭」字作「雁」。韓校、龐校、濮校、錢校同。

［六六］余校「竹」作「木」。

［六七］明州本、毛鈔、錢鈔注「梏」字作「楛」。韓校、陳校、龐校、濮校、錢校同。方校：「案：『楛』譌『梏』，據宋本及《類篇》正。」

［六八］方校：「案：『翢』譌『稠』，『末』譌『未』，據《考工記・弓人》文正。」按：潭州本、金州本、毛鈔注「稠」字作「翢」，「未」字作「末」。韓校、陳校、陸校、濮校同。

［六九］方校：「汪氏云：『見《山木篇》。上作虖，下作雩，《釋文》作雩。』」

［七〇］明州本、潭州本、金州本、毛鈔、錢鈔注「姎」字作「姎」。段校、陳校、陸校、龐校同。方校：「案：『姎』譌『姎』，據宋本及《類篇》正。」

［七一］毛鈔注「藉」字作「籍」。段校同。方校：「案：『藉』，《類篇》同，宋本从竹。」

［七二］「荼」从艸，余聲。不當作「荼」。

［七三］余校「榑」作「榑」。陳校从辛。

［七四］明州本、潭州本、金州本、毛鈔、錢鈔「鴭」字作「鴭」。韓校、陳校、龐校、濮校、錢校同。方校：「案：『鴭』譌从鳥，據宋本及《類篇》正。」

［七五］方校：「案：大徐本『縣』下有『名』字，此从小徐本。」

［七六］明州本、錢鈔注「鳾」字作「鳾」。濮校同。誤。潭州本、金州本、毛鈔作「鳾」。

［七七］明州本、錢鈔注「誣」字作「亞」。濮校同。按：大徐本作「亞」，小徐本作「誣」。

［七八］衛校：「《博雅》無此句。」丁校同。按：此見《廣雅・釋器》，曹音烏。衛校、丁校非。

［七九］方校：「案：『㐅』、『乂』譌『㐅』、『乂』，據《説文》正。《類篇》『㐅』作『㐅』，尤誤。」按：毛鈔「㐅」、「乂」作「㐅」、「乂」。濮校同。

［八〇］明州本、毛鈔、錢鈔注「也」上無「或」字。龐校同。方校：「案：『或』字衍，據宋本及《類篇》删。」

［八一］陳校「過」作「遇」。

［八二］明州本、潭州本、金州本、毛鈔、錢鈔注「胃」字作「冒」。余校、段校、汪校、韓校、顧校、陸校、龐校、濮校、莫校、錢校同。方校：「案：『冒』譌『胃』，據宋本及《説文》正。」

［八三］明州本、錢鈔「昨」字作「盰」。龐校同。誤。按：潭州本、金州本、毛鈔作「昨」字，不誤。

十一薺

［一］方校：「案：《類篇》無上『也』字。」

［二］明州本、毛鈔、錢鈔注「愸」字作「愸」。龐校、濮校、錢校同。

［三］方校：「案：《方言》十作『癐』，下不从肉。」

［四］明州本、錢鈔注「癐」字作「癐」。濮校同。

［五］方校：「案：《説文》『穫』下有『刈』字，《類篇》同。」

［六］方校：「案：『鬣』當从《説文》作『鬣』。注『髻』譌『髮』，據《類篇》正。」按：明州本、毛鈔、錢鈔注「髮」字正作「髻」。韓校、顧校、陳校、陸校、龐校、濮校、錢校同。

［七］余校「小」作「先」。按：余校所據爲《廣韻》切語，《集韻》諸本自作「小」。

［八］《説文》「古」下有「文」字。

［九］明州本、潭州本、金州本、毛鈔、錢鈔注「滅」字作「搣」。韓校、陳校、龐校、濮校、錢校同。方校：「案：『搣』譌『滅』。據

宋本正。」

［一〇］明州本、毛鈔、錢鈔「沛」字作「沛」。龐校、濮校、錢校同。

［一一］陳校：「『卯』，《廣韻》作『夘』。又見《蕭韻》子幺切，又與《庚韻》丘京切作『夘』同。」

［一二］明州本、毛鈔、錢鈔「秭」字作「秭」。龐校、濮校同。

［一三］方校：「案：『濟』譌『齊』，據《釋天》正。」按：明州本、毛鈔、錢鈔注「齊」字正作「濟」。陳校、陸校、龐校、莫校同。

［一四］明州本、毛鈔、錢鈔「�」字作「鼷」。段校、陳校、龐校、濮校、錢校同。方校：「案：『鼷』譌『鼷』，據宋本及《類篇》正。」

［一五］方校：「案：説已見《四紙》韻本字下。」

［一六］余校「茶」作「高」。疑未當。《廣韻》亦作「茶」。

［一七］明州本、毛鈔、錢鈔「殊」字作「殊」。韓校、濮校、錢校同。錢鈔注「半」字作「生」。疑誤。

［一八］明州本、毛鈔、錢鈔注「毀」字作「毀」。龐校同。潭州本作「毀」，金州本作「毀」。

［一九］方校：「汪氏云：『釋文芳米切與此普米切有滂、敷之别。』」

［二〇］方校：「案：『也』字衍。」按：明州本、潭州本、金州本、毛鈔、錢鈔注「積」下均無「也」字。龐校同。

［二一］明州本、毛鈔、錢鈔注「慎」字缺末筆。段校：「『他』『慎』字不缺。」

［二二］明州本、錢鈔注「升」字作「外」。龐校同。

［二三］方校：「案：『梐』譌『梐』，據《説文》、《類篇》正。」按：明州本、錢鈔注「梐」字正作「梐」。余校、陳校、龐校、濮校、錢校同。

［二四］明州本、潭州本、金州本、毛鈔「髀」字作「髀」。龐校、濮校、錢校同。

［二五］方校：「案：《廣韻》『犃』亦作『牲』。《類篇》與此同而《牛部》無『犃』字。」某氏校引嚴云：「疑『牲牲』。」按：此實段校語。

［二六］明州本、潭州本、金州本、錢鈔注「以」字作「从」。龐校、濮校、錢校同。

［二七］明州本、錢鈔注「地」上「一」字作「曰」。龐校、濮校同。

［二八］明州本、潭州本、金州本、毛鈔、錢鈔注「星」下「也」字作「名」。龐校、濮校、錢校同。

［二九］陳校：「『疷』，《玉篇》作『疷』，同。」

［三〇］余校「尤」作「光」。按：《漢書·地理志》：「田下中，賦上下，貢羽毛齒革，金三品，杶幹栝柏厲砥砮丹，惟箘簬楛，三國底貢厥名。」顔注：「厲，磨也。砥其尤細者也。砥音指，又音抵。」余校疑未當。

［三一］《説文》見《辵部》，从辵，氐聲。舷音都禮切。字當作「迡」。此作「迡」，少一點。

［三二］明州本、潭州本、金州本、毛鈔、錢鈔「柢」字作「榹」。丁校、龐校、濮校、錢校同。下有注文「擿也」二字。段校、韓校、陳校、陸校、丁校、龐校、濮校、錢校同。方校：「案：『柢』字複出，當从宋本及《類篇》作『榹』。注宋本『榹也』，《類篇》『樀也』，嚴校改『擿』。」按：蒙所見毛鈔作「擿」，方校疑有誤。

［三三］明州本、潭州本、金州本、毛鈔、錢鈔注「總」字作「緫」。龐校、濮校、錢校同。

［三四］明州本、潭州本、金州本、錢鈔注「鼻」字作「阜」。龐校同。

［三五］方校：「案：『軟』字俗，當从《廣韻》作『輭』。」

［三六］丁校：「『弟』疑譌字。」方校：「案：小徐本作『弟』，今據正。古體當从二徐本作『𢎨』，《類篇》作『丰』，亦誤。」

［三七］吕校：「遺『八』字。」按：明州本、潭州本、金州本、毛鈔、錢鈔注「十」下有「八」字。濮校同。方校：「案：『二十』下奪『八』字，據宋本補。」

［三八］《説文》見《酉部》，大徐本「熟」字作「孰」，下有「也」字。按：明州本、毛鈔、錢鈔注「熟」字正作「孰」，與《説文》合。龐校同。

［三九］方校：「案：『蠡』从九篇《彑部》『彖』。『彖』讀若弛，不从通貫切之『彖』。各本傳刻竝譌，段氏校正，今从之。凡『蠡』得聲者放此。」

[四〇] 明州本、錢鈔注「䤈」字作「醶」。龐校、濮校同。

[四一] 方校：「案：『劙』字連出，本書前後無此例，當有錯誤。考《方言》五：『𧅤，陳楚宋魏之間或謂之簞，或謂之瓢。』𧅤音禮，疑『劙』即『𧅤』字之譌。然亦非出於《廣雅》，《廣雅・釋器上》訓瓢者只作『蠡』。」

[四二] 方校：「案：鄭君讀『履』爲禮，見《易》釋文。」

[四三] 方校：「案：此係新坿字。」

[四四] 明州本、錢鈔注「醋」字作「醅」。龐校、濮校、錢校同。似誤。潭州本、金州本、毛鈔作「醋」。余校改「酢」。方校：「案：『酢』譌『醋』，據《說文》及《類篇》正。」

[四五] 方校：「案：『坭』譌从手，與上文複，據《廣韻》及《詩・泉水》釋文正。《韓詩》『禰』作『坭』。」

[四六] 《說文》見《門部》。明州本、錢鈔兩字皆从門。龐校同。誤。潭州本、金州本、毛鈔不誤。

[四七] 明州本、毛鈔、錢鈔注「輭」字作「軟」。龐校、濮校、錢校同。依前方氏校，作「輭」字是。

[四八] 方校：「案：注『黏』譌『䵒』，據《類篇》正。」按：明州本、毛鈔、錢鈔注「䵒」字正作「黏」。陳校、龐校、濮校、錢校同。

[四九] 潭州本、金州本、毛鈔注「姓」字作「𡚱」。余校、段校、衛校、韓校、丁校、陳校、陸校、濮校、錢校同。呂校：「上『姓』字作『𡚱』，下如字。」方校：「案：『𡚱』譌『姓』，據宋本及小徐本正。大徐本及《類篇》作『殅』，誤。」

[五〇] 明州本、潭州本、金州本、錢鈔「卟」字作「叶」，注「卜」字作「上」。

[五一] 明州本、錢鈔「䶠」字作「𪖋」。龐校、濮校、錢校同。

[五二] 明州本、錢鈔注「肥」字作「肥」。龐校同。

[五三] 明州本、錢鈔注「戟」字作「戟」。龐校同。

[五四] 金州本、毛鈔「譓」字作「譓」。段校、龐校、濮校、錢校同。明州本、錢鈔作「譓」。

[五五] 明州本、金州本、毛鈔、錢鈔注「㬰」字作「㬰」。段校、龐校、濮校、錢校同。

[五六] 方校：「案：『匸』譌『匚』，據《說文》正。」

[五七] 余校「徯」作「徑」。

[五八] 呂校：「宜作『二』。」按：明州本、錢鈔注「一」字正作「二」。濮校同。

[五九] 方校：「案：當从《類篇》作『䟦』。」按：《類篇》作「䟦」，方誤。明州本、毛鈔、錢鈔「䟦」字作「䟦」。注「䟦」作「䟦」。龐校、濮校、錢校同。

[六〇] 明州本、錢鈔「掜」字作「梲」。龐校、濮校同。誤。按：潭州本、金州本、毛鈔作「掜」。與《廣雅・釋詁四》合。

[六一] 段校：「《莊子》『日方中方晲』，字从日。」

[六二] 丁校據《說文》改「䴛」作「䴛」。方校：「案：『䴛』譌『䴛』，據大徐本正，小徐本無『曲』字，誤。」按：明州本、潭州本、金州本、毛鈔、錢鈔注兩「䴛」字均作「䴛」。衛校、龐校、濮校、錢校同。

[六三] 潭州本、金州本注「决」字作「決」。段校同。

[六四] 方校：「案：《類篇》『魘』字作『魔』，誤。」

[六五] 段校「婉」字作「娩」。陸校同。

[六六] 明州本、錢鈔「埤」字作「堺」。龐校同。

[六七] 明州本、潭州本、金州本、錢鈔注「卜」字作「上」。顧校同。

[六八] 方校：「案：《類篇》『洒』作『灑』。『汎』當作『汛』。」

[六九] 明州本、潭州本、金州本、毛鈔、錢鈔注「皃」字作「皃」。龐校、濮校、錢校同。

十二蟹

[一] 余校、衛校、陳校、莫校「鮮」字作「䲜」。丁校據《說文》「鮮」改「䲜」。方校：「案：『蛇』下二徐本作『䲜』，《類篇》同。」

段氏據此改『鮮』，并改『蛇』爲『它』。但許語本《荀子·勸學篇》，實作『蛇鱓』。」

[二] 陳校：「『菜』當作『艸』，一曰藥名。」按：明州本、潭州本、金州本、毛鈔、錢鈔注「菜」字正作「艸」。龐校、濮校、錢校同。下舉蟹切「薢」字注亦作「艸名」。

[三] 明州本、潭州本、金州本、毛鈔、錢鈔注「擨」字作「擨」。韓校、顧校、陳校、陸校、龐校、濮校、錢校同。與正文合。

[四] 明州本、潭州本、金州本、毛鈔、錢鈔注「潤」字作「潤」。余校、汪校、陳校、陸校、龐校、濮校、莫校、錢校同。方校：「案：『潤』譌『潤』，據宋本及《後漢書·馬融傳》注正。」

[五] 段校「鞘」作「輯」。陸校同。方校：「案：今本《釋器上》『鞘』作『輯』，曹憲音子入反，王氏據此及《類篇》正，謂曹音非是。」

[六] 明州本、潭州本、金州本、毛鈔、錢鈔注「予」字作「矛」。余校、汪校、陳校、陸校、龐校、莫校同。方校：「案：『矛』譌『予』，據宋本及《類篇》正。」

[七] 明州本、潭州本、金州本、毛鈔、錢鈔「触」字作「鮭」。段校、韓校、陳校、陸校、龐校、濮校、錢校同。方校：「案：『鮭』譌从出，據宋本及《篇》、《韻》、《類篇》正。」按：本韻古買切作「鮭」。

[八] 方校：「案：『皐』當从《類篇》作『鼻』。」按：明州本、毛鈔、錢鈔注作「皐」，潭州本、金州本注作「鼻」。

[九] 陳校：「『以』《說文》作『从』。」方校：「案：《說文》及《類篇》『以』作『从』，似『以』字義長。『名』，《類篇》同，二徐本竝作『也』。」

[一〇] 明州本、潭州本、金州本、毛鈔、錢鈔「㚌」字作「㚌」，从力。陳校：「《廣韻》入《駭韻》。」

[一一] 方校：「案：當从《說文》作『丫』。」按：明州本、潭州本、金州本、毛鈔、錢鈔「丫」字正作「丫」。顧校、陳校、錢校同。

[一二] 明州本、潭州本、金州本、毛鈔、錢鈔「枴」字作「枴」，注同。顧校、莫校、錢校同。

[一三] 明州本、錢鈔注「別」字作「別」。龐校同。

[一四] 明州本、錢鈔「罫」字作「罫」。龐校同。誤。潭州本、金州本、毛鈔及各本注文均不誤。

[一五] 明州本、毛鈔、錢鈔「押」字作「押」。韓校、龐校、濮校、錢校同。誤。潭州本、金州本作「押」。陳校：「『押』同『擺』。」

[一六] 明州本、潭州本、金州本、毛鈔、錢鈔注「貫」字作「貫」。段校、汪校、韓校、陳校、陸校、龐校、濮校、錢校同。方校：「案：『貫』譌『貫』，據宋本及《說文》正。『貫』上『而』字小徐本作『即』，此與《類篇》竝从大徐。」

[一七] 方校：「案：『豬』上『㹸』字疑當作『竛』。『知』當从《類篇》作『短』。」按：明州本、潭州本、金州本、毛鈔、錢鈔注「知」字正作「短」。段校、陳校、陸校、龐校、濮校、莫校、錢校同。

[一八] 明州本、毛鈔、錢鈔注「母」字作「毋」。方校：「汪云：『《孟子》釋文：徐扶蟹反。此並、奉之別。』」按：「扶」在奉母，「母」在明母，作「毋」則在微母，非並、奉之別。

[一九] 明州本、毛鈔、錢鈔注「鳩」字作「鳺」。韓校、顧校、陳校、陸校、龐校、濮校、錢校同。方校：「案：『鳺』譌『鳩』，據宋本及《廣雅·釋鳥》正。『鳺』音規。」

[二〇] 明州本、潭州本、金州本、毛鈔、錢鈔注「汛」字作「汗」。方校：「案：宋本『汛』作『汗』。」

[二一] 陳校：「『簩』，《廣韻》作『簩』，求蟹切。」方校：「案：『簩』，《類篇》同。《廣韻》从手作『簩』。」按：明州本、潭州本、金州本、毛鈔、錢鈔注「簩」字作「簩」。顧校、龐校、錢校同。

[二二] 段校「鯱」作「鯱」，注同。陸校、莫校同。

[二三] 明州本、錢鈔注「丈」字作「文」。龐校、濮校同。誤。潭州本、金州本、毛鈔作「丈」。

[二四] 明州本、潭州本、金州本、毛鈔、錢鈔注「决」字作「決」。龐校同。

[二五] 明州本、潭州本、金州本、毛鈔、錢鈔注「仄」字作「仄」。龐校同。

[二六] 方校：「案：『腰』下奪『胯』字，據《類篇》補。」

[二七] 陳校：「从山。」方校：「案：『歲』譌从艸，據《類篇》正。」按：明州本、潭州本、金州本、毛鈔、錢鈔注「葳」字正作「歲」。上文烏買切「歲」字亦从山。

[二八] 方校：「案：《類篇》『怦』作『伻』，音同。」

十三駭

［一］方校：「案：『㕇』譌『乖』，據《説文》、《類篇》正。」按：明州本、毛鈔、錢鈔注「乖」字正作「㕇」。龐校、錢校同。

［二］毛鈔「㧊」字作「㧊」。

［三］段校：「『䊑雉』，見影宋本《周禮·春官·典同》釋文。徐刊本『雉』作『矮』。」方校：「案：段氏云：『雉，从矢隹聲，非从隹矢聲之字。』」

［四］陳校「攋」作「攋」。方校：「案：『攋』譌从頁，下奪『去也』二字，據《類篇》正補。」

［五］依上文，「㱫」亦當作「㱫」，《類篇·巾部》亦誤。「㱫」，《類篇》作「㱫」。

［六］《類篇·巾部》師駭切「㡛」字注「㱫」字作「㱫」。

［七］陳校：「『搜』，《類篇》作『捒』，當作『擻』。」方校：「案：《類篇》『抖搜』作『抖捒』。」按：明州本、毛鈔、錢鈔「搜」字作「捒」。龐校、濮校、錢校同。

［八］余校「徙」作「徒」。方校：「案：『筷』譌『筷』，『徒』譌『徙』，據《類篇》正。」按：《類篇》作「筷」。

［九］明州本、毛鈔、錢鈔「㭭」字作「㭭」。顧校、龐校、錢校同。

十四賄

［一］明州本、潭州本、金州本、毛鈔、錢鈔注「胎」字作「胉」。韓校、陳校、龐校、濮校、錢校同。方校：「案：『胉』譌『胎』，據宋本及《類篇》正。」又：「『腇』，《篇》、《韻》皆都罪切；『胉』，《篇》火罪切，《韻》呼罪切，竝音賄。與此及《類篇》異。疑《篇》、《韻》音切互譌。」

［二］明州本、潭州本、金州本、毛鈔、錢鈔注「大」字作「木」。汪校、韓校、陳校、龐校、濮校、錢校同。方校：「案：『魁』譌『㔯』，『木』譌『大』，據宋本及《爾雅·釋木》郭注正。」

［三］方校：「案：『器也』下無奪字，當連書。」按：潭州本、金州本注「器也」下空二格，明州本、毛鈔、錢鈔無空格。段校、陸校、龐校、濮校、錢校同。龐校：「『匯』上空一格。」

［四］明州本、潭州本、金州本、毛鈔、錢鈔注「滜」字作「澤」。

［五］明州本、毛鈔、錢鈔注「决」字作「決」。陳校、龐校、莫校同。

［六］方校：「案：《類篇》『郋』、『䣬』竝入《卩部》，《廣韻》从邑作『郋』、『郲』，非是。」

［七］段校：「『鮥』不得户賄切。」陳校：「《類篇》作『鮥』，又見《海韻》。」方校：「案：『鮥』譌从各，據《類篇》正。」莫校：「當是『鮥，叔鮪』。『鮥』字傳寫譌。」

［八］余校「𩑛」字作「𩑛」，注同。

［九］余校「妍」字作「好」。

［一〇］吕校：「《博雅》作『㵟』。」方校：「案：『㵟』譌从禾，據《廣雅·釋訓》正。」

［一一］陳校：「『饋』，《類篇》作『饋』。『肙』疑『鋗』字之譌。」方校：「案：『饋』譌『饋』，『食』譌『肙』，據《類篇》正。」

［一二］方校：「案：《類篇》『㮚』作『輠』。」

［一三］明州本、毛鈔、錢鈔注「䂁」字作「䂁」。段校、韓校、陳校、陸校、龐校、濮校、錢校同。方校：「案：『䂁』譌『䂁』，據宋本及《廣韻》、《類篇》正。」

［一四］方校：「案：二徐本『隗』、『隗』下竝有『也』字，《類篇》無。」

［一五］方校：「案：『也』譌『兒』，據《釋詁一》及《類篇》正。」

［一六］明州本、毛鈔、錢鈔注「䨽」字作「輩」。陸校、龐校同。

［一七］方校：「案：《玉篇》作『蓓』。《類篇》正文及注作『蓓』，今从《類篇》。」按：明州本、潭州本、金州本、毛鈔、錢鈔注「蓓」字正作「蓓」。龐校、濮校、錢校同。

［一八］明州本、潭州本、金州本、錢鈔注「母」字作「毋」。

［一九］明州本、潭州本、金州本、毛鈔、錢鈔注「十」下有「一」字。龐校、濮校、錢校同。陸校：「脱『一』字。」

［二〇］明州本、毛鈔、錢鈔「梅」字作「梅」。

［二一］明州本、錢鈔注「洒」字作「酒」，龐校同。誤。潭州本、金州本、毛鈔作「洒」。

［二二］方校：「案：此係新坿字。」

［二三］陳校：「當作『縗』，从糸。」方校：「案：『縗』譌从石，據《類篇》正。」

［二四］方校：「案：《莊子·大宗師》注，向動皃，簡文速皃。《類篇》『速』作『連』，非是。」

［二五］毛鈔「臯」字上脱〇，非也，他本皆不脱。

［二六］某氏校：「汪云：『臯，從母字，疑粗爲徂之誤。』」方校：「案：《廣韻》、《韻會》『粗』皆作『徂』。《類篇》惟『臯，徂賄切』，下『罪』、『辠』、『𠦜』、『捭』皆粗賄切。據此五字竝從母，作『徂』是也。『从自』上當補『从辛』二字，『皇』當作『皇』。《類篇》不奪不譌。」

［二七］明州本、潭州本、金州本、毛鈔、錢鈔注「鼻」字作「阜」。濮校同。

［二八］明州本、毛鈔、錢鈔「違」字作「𠳿」。龐校、濮校同。

［二九］方校：「案：『磊𡽱』之『𡽱』，當从《類篇》作『違』，二徐本傳刻亦誤。」

［三〇］方校：「案：『𨻰』當从《類篇》作『隇』。」

［三一］余校「㑺」字作「㑺」。顧校作「㑺」。

［三二］陳校：「『行』當作『胻』。」

［三三］明州本、毛鈔、錢鈔「㛂」上空一格。陸校、龐校、濮校、錢校同。段校：「《説文》下宋本空一格。」方校：「案：宋本『㛂』上誤空一格。」

［三四］按：《舊唐書·高祖二十二子滕王元嬰傳》：「子長樂王循琦嗣，兄弟六人，垂拱中並陷詔獄。神龍初，以循琦弟循涪子涉嗣滕王。」是嗣滕王者循涪之子涉，非循涪也。當正。

［三五］丁校據《酉陽雜俎》改「答」作「荅」。方校：「案：『荅』譌『答』，據《類篇》正。」按：明州本、潭州本、金州本、毛鈔、錢鈔注「答」字正作「荅」。段校、衛校、陳校、陸校、龐校、濮校、錢校同。

［三六］明州本、毛鈔、錢鈔「讀」下有「梁益謂履曰屍」六字。無空格。陸校、龐校同。段校：「宋本不空而多『梁益謂履曰屍』六字。按：六字非『隧』字注也，此本空處當出『屦』字，注云『梁益謂履曰屦』。益信曹本與毛氏影鈔本非一刻也。」丁校：「『梁益謂履曰屍』，此六字宋本并入『隧』注末，下接大書『遺』於上而繫六字於下。『屍』字誤，《灰韻》可攷。」局刻留空白寸餘，適足相容，是局刻勝處。局刻與宋非一本也。案：《灰韻》有『屦』、『屦』二字，此『屍』字誤。」按：方校誤以段校爲嚴厚民校。

［三七］明州本、潭州本、金州本、毛鈔、錢鈔注「隓」字作「隓」。龐校同。《説文·𨸏部》：「隓，隓隗，高也。」當是。

［三八］明州本、潭州本、金州本、毛鈔、錢鈔注作「鈦」。陳校、陸校、龐校、濮校、錢校同。吕校：「《博雅》作『鍊』，音諫，若作『鍊』，則音東矣，非。」方校：「案：『鍊』譌『鍊』，『鈦』譌『鈦』，據《廣雅·釋器上》正。宋本『鈦』作『鈦』，亦誤。」按：方氏所見曹本作「鈦」，顧氏重修本該字不清楚。

［三九］明州本、錢鈔「瘍」字作「㾓」，濮校同。

［四〇］吕校：「宜作『懸』、『𡢃懸』二字見《博雅》。」

［四一］陳校：「从畏。」方校：「案：『鍡』譌『銀』，據大徐本正。」按：明州本、錢鈔注「銀」字作「鍡」。余校、龐校、濮校、錢校同。

［四二］陳校：「《説文》作『隇』。」方校：「案：二徐本『𨻰』作『隇』，注與此同。段氏校本『磊』下增『隇』字。」

［四三］《廣韻》作「郲，鄓郲」。陳校：「耓，不平也。从邑从耒非。」

［四四］丁校據《類篇》「瓩」改「瓠」。方校：「案：『瓠』譌『瓩』，據《類篇》正。」按：明州本、潭州本、金州本、毛鈔、錢鈔注「瓩」字正作「瓠」。衛校、陳校、龐校、濮校、錢校同。

［四五］衛校「北平」上補「右」字。丁校：「『北平』上當有『右』字。」方校：「案：『北』上奪『右』字，據《説文》、《類篇》補。」按：《廣韻》亦有「右」字。

［四六］明州本、潭州本、金州本、毛鈔、錢鈔注「本」字作「木」。韓校、陳校、龐校、濮校、錢校同。方校：「案：『木』譌『本』，據宋本及《爾雅・釋木》郭注正。」

［四七］陳校：「《説文》有『一曰魚敗曰餧』六字。」方校同。

［四八］余校「姸」作「好」。蓋據《玉篇・女部》「娞」字注。

［四九］方校：「案：『娞』从女，據《類篇》及本文正。」按：「本」字當作「注」。

［五〇］呂校：「《博雅》：『浼浽，汙濊也。』又：『浼浽，濁也。』本有兩釋，皆作『浽』字解。」方校：「案：《廣雅・釋詁三》作『浽』。」

［五一］方校：「案：『勁』譌『動』，據《類篇》正。」按：唐寫本韻書殘卷亦多作「動」，似不必依《類篇》改。

［五二］明州本、錢鈔「偎」字作「偎」，莫校同。

［五三］陳校「行」當作「胻」。

［五四］《説文・巫部》「巫」篆訓草木華葉垂。《巫部》「巫」篆始訓背呂也。此字當改「巫」。

［五五］陳校：「『雱』，《博雅》作『強』，巨兩切。」呂校同。方校：「案：《廣雅・釋詁一》『雱』作『強』，『強』、『雱』古通用。」

［五六］陳校：「《廣韻》于罪切。」陸校「於」作「于」。《顔氏家訓・風操篇》：「《蒼頡篇》有倄字，訓詁云：痛而謼也，音羽罪反，今北人痛則呼之。《聲類》：音于來反，今南人痛或呼之。此二音隨其鄉俗，並可行也。」按：作「于」是。

［五七］方校：「案：『髻』譌从古，據《廣韻》、《類篇》正。」按：明州本、毛鈔、錢鈔注「髻」字正作「髻」。顧校、陳校、陸校、龐校、濮校、錢校同。

十五海

［一］方校：「案：大徐本『醬』作『醢』，此與小徐本同。《説文》『醢』、『䕡』竝入《酉部》，『盍』即《皿部》『盍』字或體，小甌也。《類篇》此三字入《皿部》，非。」

［二］明州本、錢鈔「楹」字作「揾」，从手。濮校、錢校同。按：潭州本、金州本、毛鈔、《類篇・木部》作「楹」，从木。

［三］方校：「案：此从大徐本，《類篇》从小徐本訓康。」

［四］明州本、金州本、毛鈔、錢鈔注「曰」字作「日」。段校、韓校、衛校、陳校、陸校、龐校、濮校、錢校同。丁校據《爾雅》改「曰」爲「南」。方校：「案：『南』譌『曰』，據宋本正。《爾雅・釋天》釋文『颽』又作『凱』。」

［五］方校：「案：《廣雅・釋訓》『軩』作『軕』，音待，王本同。然本韻蕩亥切有『軩』無『軕』，《篇》、《韻》、《類篇》竝與此同。今仍之。」

［六］《莊子・養生主》：「技經肯綮之未嘗，而況大軱乎？」釋文：「肯，徐告等反。《説文》作『冐』字，《字林》同，口乃反。云：著骨肉也。一曰：骨無肉也。」則此「箸」字當作「著」。

［七］明州本、潭州本、金州本、毛鈔、錢鈔注「氷」字作「冰」。龐校同。

［八］方校：「案：大徐本作『从攴已聲』，小徐本作『从攴，已聲』。字隷《攴部》，其説是也。『一』當作『已』。」按：方校中「已」皆爲「已」之誤。明州本、毛鈔、錢鈔注「一」字作「已」。段校、陳校、陸校、龐校、濮校、錢校同。

［九］陳校「改」作「攺」。按：明州本、毛鈔、錢鈔「改」字作「攺」。韓校、濮校、錢校同。

［一〇］明州本、毛鈔、錢鈔注「太」字作「大」。錢校同。與《説文》合。

[一一]　陸校「忙」作「忙」。

[一二]　明州本、毛鈔、錢鈔「頙」字作「頙」。衛校、陳校、顧校、陸校、龐校、濮校、錢校同。

[一三]　金州本、毛鈔注「頭」字作「頭」。衛校、陳校、龐校、濮校同。丁校據《類篇》改「頭」爲「頙」。

[一四]　明州本、潭州本、金州本、錢鈔「豕」字作「豕」，「豜」字作「豜」。明州本、潭州本、金州本注同。龐校、濮校、錢校同。

[一五]　明州本、潭州本、金州本、錢鈔注「乚」字作「乙」。濮校同。

[一六]　丁校據《説文》改「裹」爲「裛」。

[一七]　吕校：「《博雅》作『軠』，音待。」

[一八]　明州本、錢鈔注「攺」字作「攺」。龐校、濮校、錢校同。陳校：「《説文》作『攺』，从攴，从辰巳之巳。」

[一九]　陳校：「『印』疑『卯』字之譌。」按：明州本、金州本、毛鈔、錢鈔注「印」字正作「卯」。段校、韓校、陳校、陸校、龐校、濮校、錢校同。

[二〇]　明州本、錢鈔「毐」字作「毐」。按：《説文・毋部》：「毐，人無行也。从士，从毋。」此誤。

[二一]　《周禮》見《夏官・大司馬》，鄭注：「疾雷擊鼓曰駴。」此注「疾」下脱「雷」字，《類篇》有，當據補。釋文：「駴，本亦作駭，胡楷反。李一音亥。」疑「一音」二字互乙，方能音倚亥切。

[二二]　毛鈔注「軓」字作「軓」。龐校、濮校同。

[二三]　《類篇・魚部》無此音。「鮐」字不得音倚亥切，此字當删。

[二四]　明州本、毛鈔、錢鈔注「与」字作「与」，陳校：「按：《類篇・舁部》：『與，又倚亥切，又羊茹切，及也。』疑此『与』字當作『及』。」

[二五]　《類篇・殳部》「毁」字無此音義。明州本、毛鈔、錢鈔「毁」字作「攺」，注同。陳校、龐校、濮校、錢校同。《類篇・攴部》「攺」字有此音義。當正。

[二六]　明州本、錢鈔注「也」字作「皃」。濮校同。與《類篇》合。

[二七]　明州本、毛鈔、錢鈔注「官」字作「書」。顧校、龐校、濮校、錢校同。此見《書・召誥》。前《尾韻》妃尾切「朏」字注正作「書」，當據正。

[二八]　明州本、錢鈔注「董」字作「黄」。龐校、濮校、錢校同。《廣韻》「蓓」字作「蓓」，注云：「黄蓓草也。」桂馥《札樸・鄉里舊聞》：「苦屋之草，鄉人呼黄背草。」作「黄」字是，當據正。

[二九]　明州本、毛鈔、錢鈔注「㧖」字作「捋」。余校、韓校、陳校、龐校、濮校、錢校同。與《説文》合，當據正。

[三〇]　明州本、錢鈔注「腹」字作「㙛」。濮校同。誤。潭州本、金州本、毛鈔作「腹」。

[三一]　《漢書》見《揚雄傳》，顔注：「棌，柞木也。棌音采，又音菜，其字從木。」又《司馬相如傳》：「棌椽不斲。」顔注：「棌，柞木也。」「木」上疑脱「柞」字，當補。《類篇》亦脱。

[三二]　方校：「案：『雜』下奪『毛』字，據《類篇》補。」

[三三]　明州本、潭州本、金州本、毛鈔、錢鈔注「驄」字作「驄」。龐校、濮校、錢校同。

[三四]　明州本、潭州本、金州本、毛鈔、錢鈔「靆」字作「靆」，注同。余校、陳校、龐校、濮校、錢校同。吕校：「宜作『靆』。」按：慧琳《音義》卷六十引《考聲》：「靉靆，雲盛皃。」希麟《音義》卷三引《通俗文》：「雲覆日爲靉靆。」

[三五]　余校「鉤」上增「絲」字。按：《廣韻》：「釒乃，連絲釣曰釒乃，出《字苑》。」

[三六]　《説文》見《乃部》「弓」字作「㇋」。陳校：「《説文》作『㇋』。」按：明州本、毛鈔、錢鈔「乃」字作「乃」。段校、濮校、錢校同。

[三七]　段校：「宋本作『攴』。」按：《類篇・攴部》同。

十六軫

［一］潭州本、金州本、毛鈔注「脣」字作「脣」。龐校同。下凡从「辰」之字皆作「辰」。

［二］方校：「汪氏云：『《玉篇》作胗，《曲禮》作畛。』」

［三］方校：「案：二徐本及《類篇》同。《玉篇》、《韻會》『根』作『限』，非。」

［四］明州本、潭州本、金州本、錢鈔注「戾」字作「废」。疑誤。毛鈔不誤。

［五］明州本、潭州本、金州本、錢鈔注「敐」字作「敐」，注同。

［六］明州本、錢鈔注「痳」字作「痳」。濮校、錢校同。誤。潭州本、金州本、毛鈔作「痳」。

［七］明州本、毛鈔、錢鈔「眕」字作「眕」。韓校、顧校、陳校、陸校、龐校、濮校、錢校同。又明州本、潭州本、金州本、毛鈔、錢鈔注「明」字作「明」。陳校、龐校、濮校同。方校：「案：『眕』譌从目，據宋本及《類篇》正。」

［八］方校：「案：『臬』譌『臬』，據《類篇》及本文正。」按：顧氏重修本已正。

［九］段校：「宋本有『之』字。」陸校：「下衍『之』字。」方校：「案：句見《考工記・輪人》，無『之』字，宋本亦衍。蓋《說文》坤音之忍切，因以致誤也。《類篇》作『稹而理之』，尤誤。」

［一〇］龐校「禪」作「禪」。

［一一］方校：「案：《曲禮》作『袗』，《玉藻》作『振』，《論語》皇疏作『縝』。」

［一二］明州本、錢鈔注「振」字作「根」。顧校、陸校、龐校、濮校、錢校同。按：平聲《眞韻》：「稹，艸木根相迫迮也，或从木。」則作「根」是，當據正。

［一三］明州本、錢鈔注「況」字作「况」。龐校同。

［一四］方校：「案：『頤』譌『頣』，據《說文》正。」

［一五］方校：「案：『盛』下《廣韻》引有『之』字，段氏據補。」

［一六］明州本、潭州本、金州本、毛鈔、錢鈔注「裖」字作「裖」。陳校、濮校同。

［一七］方校：「案：二徐本及《類篇》同。《廣韻》引作『雉入水所化』。」

［一八］明州本、錢鈔注「笑」字作「笑」。潭州本、金州本作「笑」。

［一九］方校：「案：『能』音耐。」

［二〇］陳校：「當作『鈍』，見《玉篇》、《類篇》。」方校：「案：『鈍』譌『純』，據《玉篇》、《類篇》正。」

［二一］方校：「案：後漢《吳漢傳》注引《十三州志》云：『胸音春，䏰音閏。其地下溼多胸䏰蟲，因以名縣。』本書《十七準》『胸』注謂俗作朐，非是。則此當从旬。然胸䏰是《說文》新坿字。段氏校本有『胸』，無『朐』。『䏰』只作『忍』。」按：明州本、潭州本、金州本、毛鈔、錢鈔注「朐」字作「朐」。段校、韓校、陳校、陸校、龐校、濮校、錢校同。

［二二］方校：「嚴云：『此避宋諱。』」

十七準

［一］毛鈔、錢鈔「𦎧」字作「𦎧」。明州本、潭州本、金州本作「𦎧」。龐校：「从『𦎧』者並同。」錢校同。

［二］方校：「案：《方言》七只作『諄』，『諄』下竝有『憎』字。惟卷三訓罪者字正作『諄』。然此亦以从𦎧爲是。」

［三］明州本、毛鈔、錢鈔字作「𢧜」、「𢧜」、「𢧜」。龐校、濮校、錢校同。

［四］明州本、潭州本、金州本、毛鈔、錢鈔注「尹」字下有「切」字。余校、韓校、陸校、龐校、濮校、錢校同。方校：「案：《說文》『蠢』作『蠢』。『尺尹』下當據宋本補『切』字。又《說文》引《書》『蠢』作『𢧜』，在古文『𢧜』下。」

〔三五〕潭州本、金州本、毛鈔、錢鈔「鼉」字作「鼉」。明州本作「鼉」。龐校同。

〔三六〕明州本、潭州本、金州本、毛鈔、錢鈔注「不」字作「下」。余校、段校、韓校、丁校、陳校、陸校、龐校、濮校、錢校同。方校：「案：『下』譌『不』，據宋本及《說文》正。《類篇》『下革』作『革下』，亦誤。」

〔三七〕吕校：「《爾雅》作『竹類』。」

〔三八〕方校：「汪氏云：『杜讀泯爲泯，宜在泯字紐下。』」

〔三九〕陳校：「『賑』入《軫韻》。」丁校：「『賑』字《廣韻》入《十六軫》。」

〔四〇〕明州本、潭州本、金州本、毛鈔、錢鈔注「灰」字作「灰」。龐校同。

〔四一〕陳校：「『博雅』二字當爲『説文』。」按：去聲《稕韻》羊進切已引《説文》，依例不當改。方校：「案：《廣雅》未見，王氏坿録於《釋言》後。」

〔四二〕方校：「案：『眂』譌『眂』，據《考工記》正。」按：潭州本、金州本毛鈔注「眂」字正作「眂」。陸校、龐校同。明州本、錢鈔誤作「眂」。

〔四三〕明州本、錢鈔注「木」字作「水」。龐校同。誤。潭州本、金州本、毛鈔作「木」。去聲《稕韻》直刃切：「棍，木名。汁可爲酒。」可證。

〔四四〕陳校：「『嶙』入《軫韻》。」

〔四五〕明州本、潭州本、金州本、毛鈔、錢鈔注「嶾嶙」作「隱鄰」。韓校、陸校、龐校、濮校、錢校同。方校：「案：『隱鄰』譌从山，據宋本及《類篇》、《韻會》正。」

〔四六〕明州本、潭州本、金州本、毛鈔、錢鈔注「不」字作「文」。韓校、陳校、龐校、濮校、錢校同。方校：「案：『文』譌『不』，據宋本及《類篇》正。」

〔四七〕潭州本、金州本、毛鈔注「砚」字作「砇」。陳校、龐校、濮校、錢校同。方校：「案：『砇』譌『砚』，據宋本正。《類篇》作『砇』，亦非。」

〔四八〕吕校：「《博雅》作『獜』。」

〔四九〕明州本、毛鈔「稐」字作「稐」。龐校同。與注「或从耒」合。

〔五〇〕陳校：「『緪』當入巨殞、牛尹二切，不應入此音。」

〔五一〕陳校：「『緊』入《軫韻》。」丁校：「『緊』字《廣韻·十六軫》。」

〔五二〕方校：「案：『脣』譌『唇』，據《説文》、《篇》、《韻》正。」

〔五三〕《類篇·艸部》同。《説文·艸部》：「茵，菜。類蒿。《周禮》有茵菹。」按：今《周禮·天官·醢人》作「芹菹」。

〔五四〕明州本、毛鈔「鞍」字作「鞍」。韓校、陸校、龐校、濮校同。方校：「嚴云：『鞍，宋本作鞍，非。』」按：嚴所據宋本未知爲何本。

〔五五〕明州本、毛鈔、錢鈔「演」字作「濥」。龐校、濮校同。

〔五六〕方校：「案：『螾』當从《説文》作『螾』。注『作』譌『足』，據《類篇》正。」按：明州本、錢鈔注「足」字正作「作」。陳校、龐校、濮校同。吕校：「宜作『作』。」

〔五七〕方校：「案：《説文》古文『尹』作『[illegible]』，參隸體當作『帬』，此作『[illegible]』、『帬』，注作『帬』，竝誤。」按：明州本、潭州本、金州本、毛鈔、錢鈔「[illegible]」字作「[illegible]」。陳校、龐校、濮校同。

〔五八〕明州本、潭州本、金州本、毛鈔、錢鈔注「準」字作「準」。濮校、錢校同。

〔五九〕余校「又」下增「丿」字。陳校同。方校：「案：『从又』下奪『丿』字，當補。」

〔六〇〕明州本、潭州本、金州本、毛鈔、錢鈔注「帬」字作「帬」。余校、段校、陸校同。

〔六一〕方校：「案：『靴』譌『靴』，據小徐本正。大徐本及《類篇》作『靴』，誤。」

〔六二〕明州本、毛鈔、錢鈔注「目」字作「臣」。余校、段校、陳校、陸校、龐校、濮校、錢校同。方校：「案：『臣』譌『目』，據宋本及《説文》正。」按：潭州本、金州本作「邑」。

〔六三〕陳校：「『斩』入《軫韻》。」丁校：「『斩』、『磒』二部《廣韻》入《十六軫》。」

[二]　明州本、潭州本、金州本、毛鈔、錢鈔「揞」字作「揞」，注「昬」字作「昏」。顧校、龐校、濮校、錢校同。方校：「案：宋本『揞』作『揞』，《類篇》同。」

[三]　余校「鄭」字作「鄭」。陳校：「『鄭』字當作『鄭』，又見《願韻》無販切，同。」方校：「案：『鄭』譌『鄭』，《類篇》同。據《玉篇》正。」

[四]　方校：「案：注『傳』譌『傳』，據《説文》正。」按：明州本、毛鈔注「傳」字作「傳」。余校、陸校、龐校、濮校、錢校同。

[五]　《説文》見《巾部》，注「穀」字當作「穀」。

[六]　明州本、錢鈔「齡」字作「齡」，注同。龐校、錢校同。

[七]　方校：「案：『奮』譌从臼，據《廣韻》正。」

[八]　明州本、錢鈔注「三」字作「二」。龐校同。非是。潭州本、金州本、毛鈔作「三」。

[九]　方校：「案：『脽』譌从隺，據《説文》正。《類篇》作『臛』，與『脽』同。」

[一〇]　毛鈔注「握」作「渥」。誤。潭州本、金州本注作「握」。與《説文》同。明州本、錢鈔注作「握」，亦誤。

[一一]　明州本、潭州本、金州本、毛鈔、錢鈔注「水」字作「木」。韓校、陳校、龐校、濮校、錢校同。方校：「案：『木』譌『水』，據宋本及《爾雅·釋木》正。」

[一二]　參見前府吻切「幡」字注。「穀」字當作「穀」。據《説文》、《廣韻》，此注疑有脱文。

十九隱

[一]　明州本、錢鈔注「叉」字作「受」。錢校同。誤。潭州本、金州本、毛鈔作「叉」。與《説文》同。

[二]　陳校：「『憶』，《類篇》作『憾』。」按：明州本、毛鈔、錢鈔「憶」字作「憾」，注同。余校、韓校、龐校、濮校、錢校同。方校：「案：『憾』譌『憶』，據宋本及《類篇》正。」

[三]　明州本、潭州本、金州本、錢鈔「殷」字作「殷」。顧校同。下从「殷」之字俱如此。

[四]　陳校：「『堇』，《類篇》作『董』。當作『堇』。」方校：「案：《類篇》『堇』作『董』。」按：明州本注「堇」字作「堇」。龐校、濮校、錢校同。錢鈔作「里」。潭州本、金州本、毛鈔作「堇」。

[五]　明州本、潭州本、金州本、錢鈔注「歸」字作「歸」。龐校同。

[六]　明州本「庱」字作「庱」。錢校同。錢鈔作「瘦」。

[七]　方校：「案：『慇』譌『慇』，據《類篇》正。」按：明州本、金州本、毛鈔、錢鈔注「慇」字正作「慇」。陳校、龐校、錢校同。

[八]　明州本、潭州本、金州本、毛鈔、錢鈔注「齧苦」作「齧若」。龐校、濮校、錢校同。

[九]　方校：「案：『菫』譌『董』，據《説文》正。『栐』當作『栐』。」按：明州本、潭州本、金州本、毛鈔、錢鈔「董」字正作「菫」。陳校、龐校、濮校、錢校同。又明州本、錢鈔注「栐」字作「栐」。濮校同。

[一〇]　陳校：「『巹』从巳，丞聲，又見《止韻》苟起切。」方校：「案：《類篇》作『巹』，此字《説文》从己丞，以作『巹』爲是。」

[一一]　方校：「案：《説文》之『説』譌作『謹』，據《類篇》正。」按：明州本、潭州本、金州本、錢鈔注「謹」字正作「説」。余校、陳校、龐校、濮校、錢校同。

[一二]　陳校：「『蟸』，《説文》作『蠡』。」方校：「案：『蕫』譌『蕫』，『蠡』譌『蟸』，據《説文》正。」按：明州本、潭州本、金州本、毛鈔、錢鈔注「蟸」字作「蠡」。余校、韓校、龐校、濮校、錢校同。

[一三]　方校：「案：此見《廣雅·釋詁四》，『牛』下《類篇》無『柔』字。」

[一四]　陳校：「『从七，俗从乚。』某氏校：「《説文》二篇《齒部》『齔』作『齔』，段大令謂當依舊音差貴切，而譏孫愐初堇切之非，宋人又譌『齓』，从乚。」按：明州本、毛鈔、錢鈔「齓」字作「齔」，注同。龐校、濮校、錢校同。

[一五]　陳校：「『抎』入《吻韻》。」丁校：「『抎』、『惲』、『韗』、『趣』四部《廣韻》入《十八吻》。」

[一六]　方校：「案：《釋詁四》『噴』作『吩』。」

［一六］明州本、潭州本、金州本、毛鈔、錢鈔注「艾」字作「女」。韓校、陳校、龐校、濮校、錢校同。方校：「案：『[illegible]』譌『[illegible]』，『女』譌『艾』，據卷十四《大荒東經》正。宋本及《類篇》『女』字不誤。」

［一七］毛鈔注作「青楊畹」。段校：「宋本『青楊畹』三字疑皆誤。」衛校「楊」作「揚」。丁校：「《毛詩》『清揚婉兮』，《韓詩外傳》作『青陽宛兮』。」方校：「案：《韓詩外傳》作『青陽宛』，《玉篇》引作『清揚畹』。《類篇》『楊』作『揚』，餘與此同。宋本『畹』作『畹』，誤。」

［一八］明州本、金州本、毛鈔、錢鈔「取」字作「取」。陳校、濮校、莫校、錢校同。與《類篇》合。

［一九］明州本、錢鈔注「帊」字作「帕」。龐校、濮校、錢校同。按：潭州本、金州本作「帊」。《方言》第四：「襎裷謂之幭。」郭注：「即帊幞也。」作「帊」是。

［二〇］陳校注「遼」作「遼」。方校：「案：『遼』譌从宀，據《説文》正。」

［二一］方校：「案：小徐本『嫺』作『嫺』，段氏校本改『閒』。」

［二二］方校：「案：正文大『菌』字缺，據卷四《東山經》補。『子』，各本同，畢氏據藏經改『于』。」按：「菌」，顧氏重修本已改。

［二三］方校：「案：『复』譌『𡕥』，『營』譌『營』，據《説文》正。」

［二四］龐校：「『卷』並从『㔾』。」

［二五］「幭」譌「襪」，據《方言》第八、《廣韻》正。

［二六］方校：「案：『饈䅺𦁄』譌『饈䅺𦁄』，據《廣雅・釋詁三》正。『黍』下从米，誤。」按：明州本、毛鈔、錢鈔注「䅺」字作「䅺」，「𦁄」字作「𦁄」，「黍」字作「黍」。陳校、顧校、陸校、龐校、濮校、錢校同。

［二七］龐校「卷」並从「㔾」。

［二八］明州本、潭州本、金州本、毛鈔、錢鈔注「搏」字作「搏」。陳校、龐校、濮校、錢校同。

［二九］毛鈔「弓」作「弓」。段校：「宋本作『弓』。」方校：「案：宋本『弓』作『弓』，誤。」按：潭州本、金州本作「弓」。龐校、濮校、錢校同。明州本、錢鈔作「弓」。

［三〇］《倦韻》驅圓切注「金」字作「鐵」。

［三一］方校：「案：《廣雅・釋詁四》寋，王氏據此及《玉篇》、《類篇》補。」

［三二］方校：「案：《廣韻》『𠢐』訓吃語，亦難字之義。」

［三三］錢校「謰」字作「謰」。按：依正文，注「謰」字當作「謰」。《列子・力命》「繆伢、情露、謰極、凌誶四人相與游於世，胥如志也」，張注「《方言》『謰，吃也。極，急也』。謂語急而吃」，是也。

［三四］方校：「案：『嵼』譌从立，據《類篇》正。」按：明州本、毛鈔、錢鈔注「竮」字正作「嵼」。陳校、顧校、龐校、濮校、莫校、錢校同。

［三五］段校「援」作「授」。陸校同。方校：「案：『牡』譌『壯』，『授』譌『援』，據《地官・司門》文并注正。」按：明州本、錢鈔注「壯」字作「牡」。陸校、龐校、濮校、錢校同。

［三六］明州本、潭州本、金州本、毛鈔、錢鈔注「騁」字作「騁」。龐校、濮校同。

［三七］方校：「案：『稍』譌『犃』，據《廣雅・釋器下》正。」按：明州本、毛鈔、錢鈔注「犃」字正作「稍」。段校、陳校、陸校、龐校、濮校、錢校同。

［三八］方校：「案：《廣韻》字作『言』、『言』，《類篇》同。此及下『言』注不分兩體，誤。」按：明州本、毛鈔、錢鈔注下「言」字作「言」。段校、陳校、陸校、龐校、濮校、錢校同。

［三九］明州本、毛鈔、錢鈔注上「言」字作「言」。段校、陳校、龐校、濮校、錢校同。

［四〇］方校：「案：『闉』譌从達，據《玉篇》正。《類篇》『拒』作『岠』。」按：明州本、潭州本、金州本、毛鈔、錢鈔「闉」字作「闉」。陳校、龐校、濮校、莫校、錢校同。

［四一］陳校：「『嵾』，《類篇》作『嵼』。」按：明州本、潭州本、金州本、毛鈔、錢鈔注「嵾」字正作「嵼」。龐校、濮校、錢校同。

［四二］明州本、金州本、毛鈔、錢鈔注「憓」字作「憓」。韓校、龐校、濮校同。方校：「案：『憓』譌『憓』，據宋本正。」

[四三] 方校：「案：『㫃𣥂』譌『㫃𠂈』，『屮』譌『巾』，據《說文》正。古文或參隸體作『𠂈』。宋本『𠂈』，《類篇》『㫃』，並誤。」按：明州本、錢鈔注「巾」字正作「屮」。余校、陳校、龐校、濮校、錢校同。

[四四] 方校：「案：注『褔』字二徐本及《類篇》同。段校本改『褔』。」

[四五] 「翻」，《類篇》作「䎙」。

[四六] 余校：「按：『反』字疑衍。」按：各本皆有。

[四七] 陳校：「『牡』當作『牝』。」方校：「案：『牝』譌『牡』，據《類篇》正。後《二十四緩》𥉋滿切『𠀪』注不誤。」

[四八] 方校：「案：大徐本同，《類篇》無『之』字。小徐本『之』作『車』，段氏从小徐本。」

[四九] 方校：「案：《廣雅·釋詁二》作『㹴』，《類篇》『㝃』與『㹴』同，則字不从免，似不得音晚。」

[五〇] 明州本、潭州本、金州本、毛鈔、錢鈔注「𣅀」字作「𣅀」。段校、龐校、濮校同。

[五一] 余校「冕」作「冕」。

[五二] 方校：「案：『癡』譌『凝』，據《類篇》正。」按：明州本、潭州本、金州本、毛鈔、錢鈔注「凝」字正作「癡」。陳校、龐校、濮校、錢校同。

二十一混

[一] 方校：「案：『䏝』譌从專，據《類篇》正。」按：明州本、潭州本、金州本、毛鈔、錢鈔注「䏝」字作「䏝」。韓校、陳校、龐校、濮校、錢校同。

[二] 毛鈔「芺」作「芺」。段校：「宋作『芺』。」方校：「案：《釋艸》：『莞，苻蘺。』釋文『莞，本或作蒄』，有官、緩、桓三音。並不音混。『苻』，《說文》作『夫』，《爾雅》釋文無別體，作『芺』未詳何本，宋本作『芺』，并失其音矣。」

[三] 明州本、錢鈔注「蘼」字作「蔴」。龐校同。

[四] 方校：「案：『籥』譌『籥』，據《玉篇》、《類篇》正。」按：明州本、金州本、毛鈔「籥」字正作「籥」。陳校、顧校、龐校、濮校、錢校同。

[五] 方校：「案：《廣韻》『醯』下有『酒』字。」

[六] 段校：「注『阜』，《說文》作『自』。」

[七] 明州本、毛鈔、錢鈔「頌」字作「頌」。段校、陳校、龐校、濮校、錢校同。

[八] 陳校：「『梡』，《說文》：『棞木薪也。』」方校：「汪氏云：『《說文》棞、梡兩字。』」按：明州本、錢鈔注「梡」字作「棞」。龐校、濮校同。

[九] 明州本、毛鈔、錢鈔「眃」字作「眃」。潭州本、金州本作「眃」。

[一〇] 明州本、潭州本、金州本、毛鈔、錢鈔「總」字作「緫」。韓校、陳校、顧校、陸校、濮校、錢校同。方校：「案：『緫』譌『總』，據《廣韻》、《類篇》正。宋本作『緫』，亦誤。」

[一一] 明州本、錢鈔注「朱」字作「朱」。濮校同。誤。潭州本、金州本、毛鈔注作「朱」。

[一二] 方校：「案：『从口』當作『从口』。又當从《類篇》先『㽞』後『壼』。蓋《說文》本作『㽞』也。」按：毛鈔「口」字正作「口」。顧校、陸校、莫校同。

[一三] 明州本、毛鈔、錢鈔「梱」作「梱」。陸校同。方校：「案：二徐本同，宋本从困，誤。」

[一四] 方校：「案：《孟子》作『捆屨』，《類篇》同，今正。」

[一五] 明州本、毛鈔、錢鈔「䶕」字作「䶕」。段校、陳校同。方校：「案：《類篇》同，宋本从困，誤。」

[一六] 潭州本、金州本、毛鈔「𦈡」字作「𦈡」。顧校、陸校同。錢鈔作「倫」。

[一七] 明州本、毛鈔、錢鈔注「頓」字作「頓」。顧校、濮校同。

[一八] 明州本、潭州本、金州本、毛鈔、錢鈔注「頬」字作「頰」。

［一九］方校：「案：各本《説文》『衮』从衣，公聲，《類篇》、《字鑑》同。段氏據《爾雅》釋文作从衣，㕣聲。㕣，羊兗切。」

［二〇］方校：「案：『舌』當从《説文》補音、《廣韻》、《類篇》作『古』。『蟠』當从《説文》作『蟠』。又小徐本『幅』上有『裳』字，段氏校本改『常』。」按：明州本、潭州本、金州本、毛鈔、錢鈔注「舌」字正作「古」。余校、段校、陳校、陸校、龐校、濮校、錢校同。

［二一］錢校「輪」作「輪」。

［二二］段校：「宋本亦『輻』。」某氏校：「嚴云：『宋本亦誤輻。』」陳校：「『輻』，《説文》作『轂』。」丁校同。方校：「案：『轂』譌『輻』，宋本及《類篇》同，據《説文》正。《考工記・輪人》『輥』作『眼』，魚懇反。」

［二三］方校：「案：《廣雅・釋詁三》『惣』作『惣』。」

［二四］方校：「案：《周禮・春官・典同》注同。《韻會》『裏』作『裏』。」

［二五］明州本、錢鈔注「釭」字作「釘」。龐校、濮校同。誤。潭州本、金州本、毛鈔作「釭」。與《方言》第九同。

［二六］明州本、毛鈔、錢鈔「鯤」字作「鯤」。龐校、濮校同。方校：「案：宋本『鯤』作『鯤』。」

［二七］方校：「案：『鱒』譌从足，據《類篇》正。」按：明州本、潭州本、金州本、毛鈔、錢鈔注「蹲」字正作「鱒」。陳校、龐校、濮校、錢校同。

［二八］毛鈔注「蘠」字作「薔」。段校、韓校、陳校、陸校、龐校、濮校、錢校同。方校：「案：『薔』譌『蘠』，據《廣雅・釋艸》正，宋本作『薔』，亦誤。」

［二九］余校「尺」作「叉」。段校改「叉」，云：「宋亦誤。」方校：「案：『叉』譌『尺』，宋本同，據《説文》及《類篇》正。段氏校本改『叉』。」

［三〇］方校：「案：《類篇》『銈』下有『也』字。」

［三一］明州本、錢鈔注「坴」字作「坴」。潭州本、金州本、毛鈔作「坴」。段校、陸校、龐校、濮校同。方校：「案：《韻會》同，宋本从木作『坴』，誤。」

［三二］方校：「案：『畚』譌『畚』，據《説文》正，《類篇》不誤。」某氏校：「凡从『本』得聲之字皆不宜从『夲』。『本』在六篇《木部》，『夲』在一篇部首，他刀切。此凡『栩』、『味』、『笨』、『体』、『麋』、『麋』等字俱同。」

［三三］方校：「案：『畚』篆作『[illegible]』，上从弁，又變从矢，據字當作『畚』。或體《類篇》上从夲，下从甾。疑當作『畚』。」按：明州本、毛鈔、錢鈔「畚」作「畚」。陳校、顧校、陸校、龐校、錢校同。

［三四］方校：「案：《説文》『種』作『種』，《類篇》同。」按：明州本、潭州本、金州本、錢鈔注「種」字正作「穜」。陸校、龐校、錢校同。

［三五］明州本、潭州本、金州本、毛鈔、錢鈔「栩」字作「栩」。韓校、陳校、陸校同。方校：「案：此書『栩』、『笨』、『味』、『体』、『麋』、『麋』、『鉢』等字均譌从夲。當據宋本及《類篇》正。」

［三六］明州本、潭州本、金州本、毛鈔、錢鈔「呠」字作「味」。陳校、龐校同。

［三七］明州本、潭州本、金州本、毛鈔、錢鈔「笨」字作「笨」。

［三八］明州本、潭州本、金州本、毛鈔、錢鈔「怵」字作「体」。顧校同。

［三九］明州本、潭州本、金州本、毛鈔、錢鈔「体」字作「体」。顧校同。

［四〇］明州本、潭州本、金州本、毛鈔、錢鈔注「篷」字作「蓬」。龐校同。按：本書《阮韻》父遠切「輂」字注「車」下有「上」字。《類篇》亦注「車上篷」。疑此「車」下脱「上」字。

［四一］明州本、潭州本、金州本、毛鈔、錢鈔「麋」字作「麋」。顧校同。

［四二］陳校：「注『牝』，《類篇》作『牡』。」

［四三］明州本、潭州本、金州本、毛鈔、錢鈔「麋」字作「麋」。顧校同。

［四四］明州本、潭州本、金州本、毛鈔、錢鈔「鉢」字作「鉢」。顧校同。

［四五］明州本、潭州本、金州本、毛鈔、錢鈔注「暗」字作「暗」。龐校同。按：《類篇》作「暗」，从日。

［四六］明州本、毛鈔、錢鈔注「熟」字作「孰」。龐校同。

[二七] 明州本、毛鈔、錢鈔注「伴」字作「拌」。龐校、濮校、錢校同。

[二八] 陳校：「『散』入《旱韻》。」許校：「『散』、『鬢』、『瓚』《廣韻》入《二十三旱》。」

[二九] 方校：「案：此係新坿字。」

[三〇] 方校：「案：《廣雅・釋艸》『枝』作『支』，無『竹』字。」

[三一] 方校：「案：《韻會》『稈』作『䭤』，段氏从之。《類篇》从禾作『稈』，非是。」按：明州本、錢鈔注「稈」字作「稈」。與《類篇》同，當是。

[三二] 方校：「案：『鬢』中从兟，不从扶，此書凡偏旁从『贊』者並誤。」某氏校：「《廣韻》『鬢』，作旱切；『纘』，臧旱切。凡从『贊』者上从兟，不从扶，『兟』音莘，『扶』音伴。《說文》：『扶，並行也。』輦字从此。」

[三三] 陳校：「『瓚』入《旱韻》。」

[三四] 明州本、潭州本、金州本、錢鈔注「箱」字作「箱」。龐校、濮校、錢校同。

[三五] 方校：「案：王本《廣雅・釋器上》：『箱謂之筅。』下文『籥、匥、匴、笥也』自爲句。」

[三六] 方校：「案：或體譌从竹，據《類篇》及本文正。」按：明州本、潭州本、金州本、毛鈔、錢鈔注「纂」字正作「纂」。陳校、龐校、濮校、錢校同。

[三七] 明州本、錢鈔注「三」字作「二」。龐校、濮校、錢校同。誤。潭州本、金州本、毛鈔作「三」。與《說文》合。

[三八] 段校「管」作「管」，云：「宋亦誤。」陳校：「『管』，當作『管』。」方校：「案：『管』譌『管』，據《左・昭元年傳》注正。」

[三九] 方校：「案：上『最』字二徐本及《玉篇》同，段氏改『冣』。」

按：本韻在坦切「橫」字注亦作「管」。

[四〇] 余校兩「鄲」字俱作「鄲」。

[四一] 許校：「『亶』字《廣韻》入《二十三旱》。」方校：「案：『亶』下譌从且，據《說文》正。」

[四二] 方校：「案：《廣雅・釋詁三》作『担』。」

[四三] 明州本、毛鈔、錢鈔注「䶨」字作「䶨」。龐校、濮校同。

[四四] 衛校作「獦狚」。陳校：「『狚』，獦狚獸。」丁校：「《山海經》『獦狚』。郭注：『葛、苴二音。』《廣韻》誤作『獦狚』，此又因《廣韻》而轉作『獵亶』，更誤。」方校同。

[四五] 方校：「案：《史記・扁鵲傳》『動胃繵緣』爲句，此刪『動胃』二字，誤。」

[四六] 陳校：「『坦』入《旱韻》，《說文》安也。」許校：「『坦』、『但』二部《廣韻》俱入《二十三旱》。」

[四七] 明州本、錢鈔「咀」字作「咀」。龐校、濮校、錢校同。誤。潭州本、金州本、毛鈔作「咀」。與《類篇》合。

[四八] 《類篇》脱「文」字。

[四九] 方校：「案：『說』下奪『文』字，當補。惠氏半農云：『但俗作袒。』」按：明州本、毛鈔、錢鈔注「說」字下正有「文」字。余校、陳校、濮校、錢校同。呂校：「『說』下脱『文』字。」

[五〇] 明州本、錢鈔「胆」字作「胆」。濮校同。誤。潭州本、金州本、毛鈔作「胆」。與《類篇》同。

[五一] 方校：「案：『㢟』譌从廷，據《類篇》正。」按：明州本、錢鈔「㢟」字正作「㢟」。龐校、濮校、錢校同。

[五二] 方校：「案：『禪』譌『禪』，據《類篇》正。」

[五三] 陳校：「『荷』，《說文》作『持』。」方校：「案：『持』譌『荷』，據《說文》正。」按：明州本、錢鈔注「荷」字正作「持」。余校、龐校、濮校、錢校同。

[五四] 陳校：「『嬾』入《旱韻》。」許校：「『嬾』字《廣韻》入《二十三旱》。」方校：「案：『嬾』譌从頁，據《說文》正。」某氏校：「『賴』，从束，从刀，从貝，凡偏旁从『賴』者放此。」按：明州本、毛鈔、錢鈔「嬾」字作「嬾」。陳校、濮校同。

[五五] 余校「臥」下增「也」字。方校：「案：『臥』下大徐本有『也』字，《類篇》同。小徐本作『臥食也』，段氏校改『饕也』。《臥部》：『楚謂小嬾曰饕，从臥、食。』今姑从大徐本。」

[五六] 潭州本、金州本「攋」右半作「負」。下「瀨」字同。誤。明州本、毛鈔、錢鈔作「攋」。與《方言》第十三同。

[五七] 明州本、錢鈔注「壞」字作「攘」。龐校、濮校、錢校同。誤。潭州本、金州本、毛鈔作「壞」。與《方言》第十三注合。

［五八］方校：「案：《類篇》『惰』作『憜』，今據正。『惰』乃《説文》『憜』之或體。」

［五九］明州本、錢鈔「㸗」字作「㹊」。龐校、濮校、錢校同。方校：「案：《説文・斤部》作『[illegible]』、『[illegible]』、『[illegible]』，參隸體當作『㫁』、『㓼』、『㔍』。後杜管切放此。『㫐』當从《類篇》作『㫁』。」

［六〇］方校：「案：《廣雅・釋詁四》作『攠』。注『篗』，《玉篇》、《類篇》同，《廣韻》作『簻』，『簻』與『篗』通。」

［六一］余校「睆」字作「睕」。陳校同。

［六二］方校：「案：『躖』譌『蹦』，據《説文》正。後杜管切不誤。《類篇》分『躖』、『蹦』爲兩字，亦非。」

［六三］明州本、錢鈔注「土」字作「士」。濮校同。誤。潭州本、金州本、毛鈔作「土」。

［六四］明州本、潭州本、金州本、毛鈔、錢鈔注「疃」字作「畽」，與《詩・豳風・東山》正文合。

［六五］方校：「案：『添』字與下『㦧』注『㤐』字从心者竝譌从水，據《類篇》正。」按：明州本、潭州本、金州本、毛鈔、錢鈔注「漆」字作「添」。陳校、龐校、濮校同。

［六六］明州本、潭州本、金州本、毛鈔、錢鈔注「悿」字作「㤐」。陳校、龐校、濮校同。

［六七］方校：「案：『䊍』譌『䊙』，據《廣韻》正。後『煅』、『䊙』从叚，竝誤。」

［六八］明州本、毛鈔、錢鈔「㸗」字作「㹊」。濮校、錢校同。陳校：「《説文》作『㫁』、『㓼』。」

［六九］段校作「䊙」。參見前注［六七］。

［七〇］方校：「案：『㦧』譌『𢡸』，依《説文》本字正。」按：明州本、毛鈔、錢鈔注「𢡸」字正作「㦧」。龐校同。

［七一］明州本、錢鈔「㯻」字作「槀」。龐校同。誤。潭州本、金州本、毛鈔作「槀」。

［七二］陳校：「『卵』，《廣韻》作『夘』。」按：明州本、潭州本、金州本、毛鈔、錢鈔「卵」字作「夘」。顧校、錢校同。

［七三］方校：「案：『愻疃』譌『疃愻』，《類篇》『疃』又譌『憧』，據前《二十一混》吐衮切『畽』注、魯本切『愻』注及《類篇・田部》『畽』注正。」按：明州本、潭州本、金州本、毛鈔、錢鈔「愻」字作「愻」。顧校、濮校、錢校同。又明州本、錢鈔「疃」字作「疃」。龐校、錢校同。誤。當據方校正。

［七四］明州本、錢鈔注「阿」字作「何」。龐校、濮校、錢校同。誤。潭州本、金州本、毛鈔作「何」。與《類篇》同。

［七五］明州本、錢鈔注「懼」字作「催」。龐校、濮校、錢校同。誤。潭州本、金州本、毛鈔作「懼」。與《類篇》同。

［七六］陸校「刑」作「形」。

［七七］明州本、錢鈔「㜸」上脱〇。濮校同。

［七八］方校：「案：《廣雅・釋言》㚇『䫦』字，王氏據此及《類篇》補。」

［七九］方校：「案：『㴾』譌从眉，《類篇》同，據《儀禮・士喪禮》注正。」

［八〇］方校：「案：『垣』譌『坦』，據《漢書・申屠嘉傳》師古注正。」按：明州本、毛鈔、錢鈔注「坦」字正作「垣」。陳校、龐校、濮校、錢校同。又明州本、錢鈔「㜸」字作「㜸」。誤。

二十五潸

［一］明州本、錢鈔注「也」下無「二」字。濮校：「無『二』字，空格。」

［二］明州本、潭州本、金州本、毛鈔、錢鈔注「卂」字作「迅」。龐校同。

［三］方校：「案：《爾雅・釋獸》音義『䖘』字又作『虥』。『猫』無異文，此作『猫』，非是。」按：明州本、錢鈔注「猫」字作「猫」。龐校同。誤。

［四］明州本、錢鈔注「持」字作「㭙」。龐校、濮校同。誤。潭州本、金州本、毛鈔作「持」。

［五］方校：「案：『赧』當从小徐本作『赧』。《類篇》作『赧』，蓋从大徐本。」按：明州本注「赧」字作「赧」。

［六］明州本、錢鈔「憨」字作「憨」。又注「憨」字作「憨」。

［七］方校：「案：此見《左・昭十八年傳》，注『撊』當从正文作『撊』。」

［八］明州本、錢鈔「獮」字作「𢷎」，與上文訓大木者複，非是。潭州本、金州本、毛鈔作「獮」。與《廣韻》同。

［九］方校：「案：『菐』譌从艸。據《類篇》正。」

［一〇］段校「鐘」作「鍾」。按：明州本、毛鈔、錢鈔注「鐘鼓」作「鍾鼓」。濮校、錢校同。

［一一］方校：「案：《類篇》同，二徐本均無『⼆』字。」某氏校：「汪云：『《說文》無一字。』」

［一二］某氏校：「段云：『《說文·齒部》有齗、齹二字，俱訓齒見，而無齗字譌文，故注云或从幵也。』」

［一三］方校：「案：『晥』係新修字義十九文之一，段本無，坿見注中。」

［一四］方校：「案：『莧』上譌从艸，據《類篇·見部》正。黄薇香謂下當从兔足。」

［一五］方校：「案：許書原文云：『惡也，絳也。一曰絹也。』段氏删去『惡』下『也』字，改『絹』爲『繯』。今考《說文》『絹，持綱紐也』，《史記·貨殖傳》注『綰者統其要津』，與持綱紐義合。當从本書作『絹』。又『繫』譌『擊』，據《廣韻》、《類篇》、《韻會》正。」按：明州本、毛鈔、錢鈔注「絹」字作「絹」。陳校、龐校、濮校、錢校同。

［一六］方校：「案：『蝂』當从《廣韻》作『蝜』，即《爾雅·釋蟲》所謂『傅，負版也』。《柳宗元集》有《蝜蝂傳》。《類篇》作『蝂蝦』，尤謬。或體『蝜』譌『螌』，據《類篇》。」

［一七］方校：「汪氏云：『今《說文》作甲，誤。』」

［一八］方校：「汪氏云：『《周頌·執競》釋文：沈扶板反。與此部版切有並、奉之別。』」

二十六産

［一］余校「産」並从「文」。方校：「案：《說文》作『産』，凡从『産』者放此。」

［二］方校：「案：《類篇》『遊』作『游』。」

［三］明州本、毛鈔、錢鈔注「鏟」字作「鏟」。余校、龐校、濮校、錢校同。

［四］潭州本、金州本、毛鈔「𩀨」字作「𩀨」。龐校、濮校同。明州本、錢鈔作「𩀨」。

［五］《說文》見《犬部》，段注「𤝞」上補「犬」字。

［六］方校：「案：『𨧦』譌从缶，據《類篇》正。」

［七］莫校：「古器多用木，作『棧』是也。」

［八］明州本、潭州本、金州本、毛鈔、錢鈔注「共」字作「井」。段校、陳校、韓校、陸校、龐校、錢校同。方校：「案：『井』譌『共』，據宋本及《爾雅·釋樂》音義正。『元興中』舊作『興元年』，抱經堂《釋文》考證于『興』上補『太』字。太興，東晉元帝年號也。考證又云：『《晉書·郭璞傳》云鍾長七寸三分，口徑四寸半，似《晉書》得之。若長僅三寸，則較之口徑反少一寸，不成其爲鍾矣。』」

［九］方校：「案：《考工記·輪人》：『望其轂，欲其眼也。』鄭司農云：『眼讀如限切之限。』釋文：『限，李如字。』本書限紐失收。」

［一〇］明州本、毛鈔、錢鈔注「浙」字作「浙」。龐校、濮校同。誤。潭州本、金州本作「浙」。

［一一］毛鈔注「襌」字作「襌」，从衣。陳校、龐校、濮校、錢校同。是。《廣韻》、《類篇·衣部》同。潭州本、金州本不清，似爲「襌」字。明州本、錢鈔作「攝」，与「襌」同。

［一二］明州本、金州本、毛鈔、錢鈔注「柬」字作「束」。陳校、濮校、錢校同。方校：「案：注『柬』譌『束』，宋本同，據《說文》及《廣韻》、《類篇》正。大徐本『八』上又有『从』字。」

［一三］方校：「案：『《說文·心部》同，段氏據《爾雅·釋訓》及《類篇》改『存』爲『在』。《類篇》『𥳑』入《竹部》，似誤。」按：潭州本注「存」字脱去上一横。

［一四］方校：「案：『閒』，如字，一音簡。見《穀梁·昭廿二年》釋文。」

［一五］方校：「案：棧齴，巉嶮。見《文選·張衡〈西京賦〉》。」

［一六］汪校：「昐，胡計切。恨視皃。《説文》从目兮。《廣韻》不收，此字應删。」方校：「案：『昐』，當从《類篇》作『盼』。《説文》『昐』訓恨視皃。五禮、五計二切。與『盼』音義迥别，俗多混用。」

［一七］明州本、錢鈔注「木」字作「然」。龐校、濮校同。誤。潭州本、金州本、毛鈔作「木」。

［一八］方校：「案：『迫』譌『進』，據《類篇》正。『窊圔寊赧』見《文選・馬融〈長笛賦〉》。注：『寊，耻韋切；赧，女善切。寊赧，聲緩也。』與迫窄義正相反，豈此書别有所本耶？」按：明州本、毛鈔、錢鈔注「進」字正作「迫」。陳校、龐校、濮校、錢校同。

［一九］明州本、潭州本、金州本、錢鈔無「終」字，濮校：「『卷之五』下無『終』字。」